KB115239

종남마검 편 **만학검전**

FANTASTIC ORIENTAL HEROES

한성수 新무협 판타지 소설

만학검전(晚學劍展) 1

초판 1쇄 찍은 날 § 2017년 09월 12일
초판 1쇄 펴낸 날 § 2017년 09월 19일

지은이 § 한성수
펴낸이 § 서경석

총괄팀장 § 최하나
편집 § 김경민 이종식

펴낸곳 § 도서출판 청어람
등록번호 § 제387-1999-000006호
등록일자 § 1999. 5. 31
어람번호 § 제2-2721호

주소 § 경기도 부천시 부일로 483번길 40 서경B/D 3F (우) 14640
전화 § 032-656-4452 팩스 § 032-656-4453
http://www.chungeoram.com
E-mail § chungeorambook@daum.net

ISBN 979-11-04-91456-0 04810
ISBN 979-11-04-91455-3 (세트)

만학검전 종남마검 편

FANTASTIC ORIENTAL HEROES

한성수 新무협 판타지 소설

도서출판 청어람

만학검전

종남마검 편

第一章

부친 위독! 귀가 요망!

　천하도가제일문 전진교의 개조 왕중양의 제자 구장춘은 북경 백운관으로 거점을 옮겨 용문파를 만들었으나 그 정당한 법통은 후일 구대문파의 일좌가 된 종남파로 이어졌다.

　화산(華山).

　때는 태양이 중천에 위치한 정오.

　주변을 아우르고 있는 뭇 봉우리처럼 칼날 같은 모양새를 취하고 있는 옥녀봉에 두 명의 사내가 마주 보고 있었다. 각자 한 손에 들린 칼날이 차갑게 빛을 낸다.

　"후후, 오랫동안 오늘을 기다려 왔소. 운검 선배!"

　"뭘 기다려 왔다는 거지? 후배!"

　"뭐긴 뭐겠소. 나, 종남파의 마검협 이현이 화산파의 운검 선배를 검으로 꺾고, 천하제일인의 자리를 뺏는 거지."

"그게 쉬울까?"

"그건 검을 맞대보면 알 수 있지 않겠소!"

"그럼 뭘 기다리고 있나, 후배!"

두 눈에 담담한 안광을 담고 있던 천하제일검 운검진인이 수중의 검을 치켜 올렸다. 그를 수십 년 동안 천하제일검으로 군림하게 했던 화산파 최강검법, 자하구벽검의 기수식에 들어간 것이다.

그리고 그게 바로 시작이었다.

십년마일검(十年磨一劍)
십 년 동안 칼 한 자루 갈았다네.

상인미증시(霜刃未曾試)
서릿발 같은 칼날 아직 시험치 못했노라.

금일임휘시(今日臨揮時)
오늘에서야 칼 휘두를 때를 만났으나,

천우도무검(天祐到無劍)
하늘의 보살핌으로 칼이 필요 없는 경지에 이르렀네.

줄줄이 이어지는 자하의 검기!
사방에서 모습을 드러내더니, 점차 파고들어 온다.

거미줄처럼 달라붙어 왔다.

마치 그 자체가 스스로 살아있는 생명체이기라도 한 것처럼 불쑥불쑥 예상치 못했던 곳에서 모습을 드러냈다.

그야말로 종횡무진!

'이게 바로 화산제일검이라 불리는 자하구벽검이로구나! 과연 대단하다!'

이현은 내심 감탄했다.

자신만만하게 화산에 올랐는데, 운검진인은 과연 만만치 않았다.

종남파에서 오랫동안 화산파 검법을 연구해 왔으나 직접 마주하고 보니, 일시 격파할 수법이 쉬이 떠오르지 않는다.

하긴 그러니까 당대 제일의 고수라 불리는 것일 테지.

하지만 이현은 곧 마음을 가다듬었다.

명경지수(明鏡止水)?

그딴 고리타분한 말은 이현에게 어울리지 않는다.

본래 도가와 속가가 혼재되어 있는 종남파에서 평생을 제멋대로 살아온 그였다.

도가의 무위자연이니 깨달음 따위로 강해진 게 아니다.

오로지 타고난 재능!

강렬한 싸움에 대한 투지!

그리고 아낌없이 사용된 약발!

그것으로 이현은 빠르게 고수가 되었고, 어느 사이엔가 종남파 역사상 보기 드문 무공의 성취를 이뤘다. 즉, 마음을 맑고 투명한 거울처럼 만들거나 한다는 말은 어울리지 않았다. 어쩌면 완전히 상반된다고 할 수 있을 터였다.

그가 집중한 건 변화!

현재 자신의 눈앞에서 현란하게 움직이고 있는 자하구벽검 본연의 붉은색 노을이었다.

그리고 그 속에 숨어서 점차 접근해 오고 있는 운검진인의 숨겨진 한수였다.

―팔허일실(八虛一實)!

무학의 오래된 고언이다.

고급 무학의 요체 중 하나였다.

여덟 번을 속인 후 한 번 공격하는 것으로 승부를 본다.

그렇게 치명적인 비수를 가슴속으로 꽂아 넣는 것이다.

'저기다!'

그렇다.

이현은 마음을 거울처럼 투명하게 가다듬는 대신 자신의 투쟁심을 집결시켰다.

그렇게 함으로써 눈앞에서 줄곧 현란한 변화를 보이고 있는 자하구벽검 속의 숨겨진 비수를 직시했다.

그리고 그것으로 승부는 갈렸다!

번쩍!

줄곧 방어에만 집중하고 있던 이현의 검이 처음으로 공간을 가로질렀다.

자하구벽검이 촘촘하게 만들어낸 검의 벽을 뚫고 운검진인의 가슴에 통렬한 일격을 가했다.

손끝에 걸리는 짜릿한 느낌!

잠시뿐이었다.

다음 순간, 이현의 날카로운 검격을 속절없이 허용한 운검진인이 허깨비처럼 모습을 감췄다.

감쪽같이 사라졌다.

그리고 거짓말처럼 기묘한 변화를 보이며 다시 모습을 드러낸 그와 자하구벽검!

번쩍!

그 속에서 불쑥 모습을 드러낸 날카로운 비수가 이현의 등으로 파고들었다.

소스라칠 정도로 차가운 감각을 동반한 채로 말이다.

"망할!"

차가운 석실 바닥에 가부좌를 튼 채 묵상하고 있던 이현이 버럭 소리를 지르며 눈을 떴다.

다시 모습을 드러낸 운검진인의 자하구벽검에 심장을 관통당해 쉰한 번째 패배를 당한 직후의 일이었다.

물론 진짜로 그런 건 아니다.

가상이다.

초고수의 경지에 오른 무인들만이 할 수 있는 심상수련법을 응용해 그는 방금 운검진인과 비무를 벌였던 것이다.

지난 수년간 벌였던 백여 차례의 비무와 마찬가지로 말이다.

저릿!

기다렸다는 듯 찾아온 심장 어림의 통증에 이현이 눈살을 찌푸렸다.

비록 심상수련법을 통한 비무였으나 이번의 패배는 꽤나 아팠다.

오랫동안 고전해 왔던 운검진인의 자하구벽검을 파괴하고, 회심의 일격을 가하다 도리어 심장을 꿰뚫려 버렸기 때문이다.

그러나 이런 일, 처음은 아니다.

"후-우-우!"

한차례 심호흡으로 종남파의 신공인 현청건강기를 일으킨 이현의 전신에 검푸른 기운이 서기처럼 일었다 사라졌다.

극도에 이른 심상수련법으로 인해 입었던 내상을 빠르게 해소시킨 것이다.

심장의 통증?

개의치 않는다. 환지통이나 다름없는 것임을 알기에 그냥 무시해 버린다.

그도 그럴 것이 본래 이현은 일반적인 무인이라기보다는 싸움꾼에 가까운 사람이었다.

무림에 뛰어든 이후 기억이 나지 않을 만큼 많이 싸웠고, 그중엔 자신보다 월등히 강했던 고수를 이긴 일도 비일비재했다.

싸움! 실전!

반드시 강한 자가 이기진 않는다.

오히려 고통을 참고, 인내하며, 지독하게 물고 늘어지는 자가 이기는 일이 많았다.

그리고 이현 또한 바로 그런 사람 가운데 하나였다.

그것도 아주 최적화된.

"쳇! 운검 선배, 과연 세구만. 아까운 승부였어. 그런데……."

나직한 중얼거림과 함께 이현이 슬슬 배를 어루만졌다.

꼬르륵!

그러자 기다렸다는 듯 뱃속이 아우성을 친다.

이번에 심상수련법을 통해 운검진인과 벌인 대결에 생각 이상으로 많은 심력을 소모했음이 분명하다.

슥!

이현의 시선이 석실의 한쪽 구석에 놓여 있는 벽곡단 항아리 쪽으로 향한다.

지긋지긋한 항아리!

아니, 그보다는 그 속에 담겨 있는 내용물이 문제다.

벽곡단은 지난 수년 간, 종남파의 최고 중지인 조사동에서 이현이 유일하게 먹을 수 있었던 음식이다.

사실 음식이라기보다는 아주 맛없고, 영양만 풍부한 도사들의 선식 식품이라 할 수 있을 터였다.

'으아! 보기만 해도 질린다! 기분도 꿀꿀한데 오늘은 외식이나 하러 갈까?'

판단은 빨랐고, 이어진 동작은 더욱 빠르다.

스스슥!

순간, 한줄기 바람으로 변한 이현이 조사동의 한쪽 구석으로 향했다. 그곳에는 역대 종남파 조사들의 위패와 병기, 유골이 모셔져 있었는데, 그중 이현은 고색창연하고 거대한 석관들 앞에 멈춰 섰다.

─종남영웅관!

종남파의 역대 조사들 중에서 천하에 이름을 드높인 영웅들이 영면하고 있는 석관들이다.

종남파에 적을 둔 제자들에겐 그야말로 존엄, 그 자체나 다름없다고 할 수 있을 터.

그러나 이현에겐 다른 의미로 존엄했다.

순간, 종남영웅관 중 하나 앞에 선 그의 손에서 가벼운 파랑이 일어났다.

쿠구구구궁!

그러자 족히 천 근이 넘는 무게의 석관이 옆으로 밀려났다.

손 하나 대지 않고, 그만한 거력을 일으켰다.

그리고 순간적으로 모습을 드러낸 작은 구멍!

개구멍?

다른 표현이 생각나지 않는다.

정말 그렇게 생겼으니까.

'흐흐, 조사동에 폐관수련을 들어올 때 장문 사형한테 청명보검을 빼앗아 온 건 정말 훌륭한 판단이었어. 조사동의 딱딱한 땅을 파는데 아주 유용하게 사용했으니 말이야.'

내심 웃음을 지으며 종남파 제일의 신검을 손가락으로 슬슬 쓰다듬은 이현이 다시 바람으로 변했다.

순식간에 조사동을 빠져나간 것이다.

*   *   *

태을봉은 천궁에 가깝고,
이어진 산들 바닷가에 접해 있네.

돌아서서 바라보니 흰 구름 모여들고
들어가 바라보니 푸른 안개 간 곳이 없네.
분야는 중봉에서 변하고
흐리고 갬 골짜기마다 다르네.
인가에 들어 묵을까 하여
냇물 건너편 나무꾼에게 물어보네.

왕유의 '종남산'이란 시를 중얼거리며 종남파의 본궁이 위치한 상천태허궁으로 향하던 남운이 갑자기 넘어졌다.

발라낭!

몸의 균형이 완전히 무너졌다.

갑자기 보이지 않는 장벽에 부딪힌 것처럼 바닥에 자빠진 것이다.

종남파 신진 고수 가운데 이름 높은 삼대제자의 대사형답지 않은 모양새!

"크윽!"

남운이 바닥에 몸이 닿자마자 손에 기력을 운집했다.

바닥을 치고 어떻게든 몸을 일으키기 위함이었다.

쾅!

"으헉!"

그럴 수 없었다.

어느새 그의 몸 위로 떨어져 내린 이현에게 짓밟혀 버렸기에.

"사, 사숙조님?"

"여어!"

"또 조사동에서 빠져나오신 겁니까?"

"응."

다정한 미소와 함께 이현이 고개를 끄덕여 보였다.

말투와 표정만 보면 남운의 몸을 짓밟고 있는 사람이란 생각이 전혀 들지 않는다.

하지만 곧 상황이 바뀌었다.

"내가 몇 번이나 말했던 것 같은데? 무의 길을 걷는 자는 자기 이름자와 무학 구결만 읽을 수 있으면 된다고 말이야."

'사숙조님, 설마 내가 왕유의 시를 중얼거린 것 때문에 화를 내시는 건가?'

"응, 맞아. 네가 지금 생각하는 그대로야!"

"……"

"그러니까 앞으로 조심해라!"

"예! 예! 알겠습니다!"

"좋아."

이현이 다시 다정한 미소를 흘리고, 그제야 남운의 몸 위에서 떨어져 나왔다.

"헉!"

그러자 기다렸다는 듯 거친 호흡을 터뜨린 남운이 힘겹게 자리에서 일어났다.

짧은 순간이지만 이현에게 짓눌렸던 그의 안색은 새파랗게 질려 있었다.

종남파 삼대제자 중 으뜸의 무공을 지녔다는 그답지 않은 약한 모습이었다.

눈앞에 빙글거리며 서 있는 이현이 다름 아닌 당대 종남파의 제일고수이자, 장문인의 막내 사제인 마검협(魔劍俠)이 아니었다면 분명 그러했다.

―출종남천하마검행(出終南天下魔劍行)!

3년 전까지 천하를 떨어 울렸던 마검협에 대한 천하 무림인들의 품평이다.

종남산을 떠나 무림출도한 이현이 수년 동안 행한 무적의 비무행에 대한 찬사이기도 했다.

그 결과, 현재 천하 무림은 1년 후로 다가온 화산파와 종남파간의 비검비선대회에 이목이 집중되고 있었다.

당금 천하제일인 화악비천검신 운검진인의 유일한 대항마로 그를 주목하기 시작했기 때문이다.

'하아! 그래서 장문 사조님께서는 종남파의 존망을 걸고 사숙조님을 조사동에서 수련하게 하셨는데… 이렇게 툭하면 빠져 나와서 엄한 나를 괴롭히니 어쩌면 좋단 말인가!'

내심 한숨을 내쉰 남운이 조심스럽게 말했다.

"사숙조님, 이번에는 어쩐 일로 출타하신 것입니까?"

"고기가 먹고 싶다."

"예?"

"고기가 먹고 싶다고!"

"……."

"그동안 조사동에서 쓰고 맛없는 벽곡단만 먹어서 당최 기력이 딸려 견딜 수 없구나. 그러니 얼른 산 아래로 달려가서 한상 차려 와라."

남운은 현기증을 느꼈다.

현재 그가 입고 있는 도복은 색깔이 바래고 군데군데 해져서 무척이나 남루했다.

명문정파인 종남파 제자라고 보기 어려울 만큼 곤궁한 모습이라 할 수 있겠다.

어쩔 수 없다.

본래 종남파는 섬서성에서 천하제일문 화산파와 어깨를 나란히 하고 있었다.

모든 면에서 동등한 입장!

오히려 60년 전까지는 화산파를 압도하던 시절도 있었다.

그래서 섬서성의 최강을 다투는 양대 문파는 매 십 년마다 각자의 무공을 교류하곤 했다.

비검비선대회를 통해 서로 간의 무공을 겨루고 우애를 돈독하게 하고자 함이 본래 목적이었다.

하지만 모든 것이 그렇듯 곧 이 비검비선대회의 목적은 변질되었다.

섬서성 무림 최강!

그 같은 이름을 쟁취하기 위해서 점차 양대 문파의 대결은 격렬해졌다.

거기에 걸려 있는 명예와 이권이 엄청났기 때문이다.

한 산에 두 호랑이가 살 수 없는 법!

섬서성이란 산에서 두 마리 호랑이와 같은 종남파와 화산파는 점차 혼자가 되기 위해 싸울 수밖에 없었다.

나날이 양대 문파의 감정의 골이 깊어져 갔음은 두말하면 잔소리일 터였다.

그러다 화산파에서 운검진인이란 천하제일인이 나오자 곧 섬서성은 화산파의 것이 되었다.

비검비선대회에서 종남파의 제일고수들이 운검진인에게 연이어 완패해 버렸기 때문이다.

이후의 전개는 종남파에겐 굴욕, 그 자체라 할 수 있었다.

섬서성에서 화산파가 득세할수록 종남파의 살림은 나날이 기울어졌다.

화산파가 진출하는 곳마다 종남파는 자리를 양보해야만 했다.

섬서성에서 벌이고 있던 모든 사업이 밀려났고, 제자들도 현격하게 차별을 받아야만 했다.

모든 것이 비검비선대회 때문이었다.

모든 것이 화산파의 운검진인 때문이었다.

모든 것이 종남파의 제일고수가 운검진인에게 연이어 패배했기 때문이었다.

그렇게 섬서성의 인심은 당대의 천하제일인이 있는 화산파로 완전히 쏠려 버렸다.

게다가 근래 들어 종남파에는 돈을 무한정으로 잡아먹는 귀신이 생겼다.

다름 아닌 눈앞에 서 있는 이현.

그는 종남파 역사상 손꼽히는 무학의 천재였다.

입문과 동시에 누구보다 빠르게 무학의 발전을 이룩했고, 전대 장문인이었던 종남일선 풍현진인은 특별히 그를 자신의 마지막 제자로 들였다.

종남파의 모든 전력을 투입해서 화산파의 천하제일인을 능가할 대기를 만들고자함이었다.

그 후 이현에겐 온갖 특혜가 쏟아부어졌다.

내공 증진을 위한 엄청난 양의 영약 투입!

절세의 명검이라 할 수 있는 청명보검의 구입!

화산파 무학의 절정이라 불리는 자하신공과 자하구벽검에 대한 연구!

모든 것이 이현을 위한 것이었다.

하물며 그가 맛없어서 못 먹겠다고 투덜거리는 조사동의 벽곡단조차 엄청난 돈이 들어간 영약이었다.

한 알 당 한 달치의 내공 증진!

맛없는 것과는 별도로 조사동의 벽곡단은 무림인이라면 꿈에서나마 복용하고 싶어 하는 영단묘약이었다. 내공 증진과 몸에 좋은 약재가 다량 함유되어 있는.

그 같은 사실을 남운은 우연찮게 팔대장로 중 하나이자 종남파의 재정을 책임진 청천백일검 원광도장에게 들어 알고 있었다.

'그래서인지 원광 사숙조님은 근래 감정 기복이 좀 심해지셨다. 아마 올 겨울을 어떻게 날지 걱정이 되시는 것일 테지. 근래 문파 곡간이 눈에 띌 정도로 비었으니까.'

생각을 거듭할수록 남운은 울상이 되었다.

고기.

그도 먹고 싶었다.

거의 일 년 이상 먹어본 적이 없었으니까.

하지만 종남파의 규율 상 종남산 산중에서는 살생이 금지되어 있었다.

만약 고기가 먹고 싶다면 산 밑 마을까지 내려가서 돈을 내고 구해야만 했다.

"저기, 사숙조님, 소손 돈이 없습니다."

"원광 사형한테 가서 달라면 되잖아."

"그, 그것이……."

"왜? 원광 사형이 요즘 박해졌냐? 돈 안 줘?"

"……."

남운이 대답 대신 고개를 주억거리자 이현이 씨익 웃으며 그의 배를 주먹으로 때렸다.

툭!

"자식, 진작 말하지. 옛다!"

"헉!"

남운의 눈이 동그랗게 변했다. 이현이 그의 손에 큼지막한 은 원보를 쥐어줬기 때문이다.

"사, 사숙조님, 지나치게 큰돈입니다."

"넣어둬. 어차피 나는 앞으로도 일 년 동안 조사동에 갇혀 있어야 하는 몸이니까. 대신!"

슬쩍 목청을 높인 이현이 남운에게 얼굴을 불쑥 들이밀며 말했다.

"오는 길에 비서각에 들러서 내 앞으로 온 서신을 가져와라."

"사숙조님께 온 서신이요?"

"그래, 원광 사형의 이름을 대면 쉽사리 받아올 수 있을 거야."

"예, 알겠습니다."

남운이 이현에게 길게 장읍하고 신형을 날려갔다.

오랜만에 품안에 거금이 들어와서인지, 발걸음이 무척이나 가볍다. 향후 자신에게 닥쳐올 고난 따윈 까맣게 모르고서 말이다.

'그런데 나한테 무슨 서신이 왔기에 원광 사형이 그리 곤란한 표정을 지어보인 걸까? 혹시 오랜만에 도전장이라도 왔나?'

이현은 남운을 눈으로 배웅하며 생각에 잠겼다.

얼마 전 그는 사형 원광도장의 거처로 숨어들었다가 자신에게 온 서신에 대한 중얼거림을 엿들었다.

조사동을 빠져나온 후 은원보 몇 개를 빼돌리려다 생각지도 못한 정보를 얻게 된 것이다.

그래서 확인해 봐야겠다고 생각했다.

며칠 전 자신 앞으로 온 서신의 내용에 대해서 말이다.

부친 위독! 귀가 요망!

이현은 남운이 싸들고 온 음식 중 닭다리 하나를 뜯어 먹다가 눈살을 찌푸려 보였다.

짧은 사이 다른 손에 들려 있는 서신의 글귀를 몇 차례에 걸쳐 읽었다.

익숙한 필체.

익숙한 향기.

그에겐 기억조차 나지 않는 어머님을 대신하는 존재인 고모 이숙향의 글은 짧고 간결했다.

그녀답다.

이현이 가출하던 그날 밤처럼 말이다.

그래서 그의 고민은 길지 않았다.

일 년 앞으로 다가온 화산파와의 비검비선대회를 위한 폐관수 련을 지금 이 순간, 끝내기로 마음먹은 것이다.

"남운."

"예, 사숙조님!"

부근에 서서 침을 꼴깍거리며 삼키고 있던 남운이 얼른 달려 왔다.

"너, 여전히 고지식하구나? 아직 식전이지?"

"그, 그것이……."

"됐고. 나는 충분히 요기했으니까 남은 거 먹어라."

"…괜찮습니다!"

"아직 도적에 이름을 올리지 않았으니까 괜찮아. 사실 관건의 예를 올리고 정식으로 도사가 되면 먹고 싶어도 못 먹는 게 고기니까 사양 따윈 때려 치워라."

"그럼… 감사히 먹겠습니다!"

"천천히 먹어라! 누가 뺏어 먹는 거 아니니까. 그리고 음식 다 먹은 다음에 장문 사형한테 달려가서 나 잠시 고향에 좀 다녀온다고 전해라."

"예! 예?"

"그럼, 믿는다."

이현이 입안 가득 고기를 베어 문 채 놀란 토끼눈이 된 남운의 어깨를 가볍게 두드려 준 후 예의 독특한 신법을 펼쳐 한줄기 바람으로 변했다.

출종남천하마검행 이후 처음으로 종남파를 떠난 것이다.

"사, 사숙조님! 사숙조니이이이이임!"

남운이 울부짖었다.

양손에 닭다리와 오리 고기를 하나 가득 쥔 채로 미친 듯이 울부짖었다.

*   *   *

상천태허궁.

종남파의 본궁이 위치한 이곳이 갑자기 시끄러워졌다.

사방에서 긴급 타종이 터져 나오고 수십 명의 제자들이 종남산 전역에 흩어져 있는 도관으로 뛰어다녔다.

ー장문지령!

종남파 장문인 천하무극검 원청진인은 명령을 내려 종남산 전역 도관에 흩어져 있던 팔대장로를 집결시켰다.

그들과 더불어 막내 사제이자 종남파 제일의 고수인 마검협 이현이 조사동에서의 폐관수련을 깨고 탈출한 일에 대해 논의하기 위함이었다.

자신의 집무실인 태허각에 모인 팔대장로를 한 명 한 명 둘러본 원청진인이 입가에 한숨을 매달았다.

"하아! 사제들 어찌했으면 좋겠나?"

"당장 추격해서 붙잡아 와야지요! 존귀한 조사전에 구멍을 뚫고 탈출을 하다니, 용서할 수 없는 일입니다!"

"그렇습니다! 그동안 지나치게 우리가 막내 사제를 과보호했던 것 같습니다! 차제에 다시는 이런 망동을 벌이지 않게끔 따끔한 훈도가 필요할 것이라 사료됩니다!"

"맞습니다! 막내 사제의 버릇을 이번 기회에 고쳐놓아야만 합니다! 천하에 명성 높은 구대문파의 일좌인 우리 종남파에서 마검협이란 망령된 별호를 지닌 제자가 나온 것 자체가 문제가 있는 일이라고 해야만 할 것입니다!"

팔대장로들의 입에서 이현에 대한 성토가 줄을 이었다.

딱히 조사전을 탈출해서만은 아닌 것 같다.

평상시부터 이런 기회가 오기를 단단히 벼르고 있었던 것 같다.

전대 장문인 종남일선 풍현진인이 말년에 맞아들인 막내 제자에 대한 총애는 팔대장로 모두에게 적지 않은 상처를 남겼던 것이다.

물론 다 그런 것은 아니었다.

이현에 대한 성토를 묵묵히 듣고 있던 원광도장이 뒤늦게 한마디를 보탰다.

"1년 후 화산에서 벌어지는 비검비선대회는 어찌하실 작정이십니까?"

"비검비선대회……."

"그, 그거야 막내 사제가……."

"예, 막내 사제가 나서야만 하겠지요. 우리 종남파 제일의 고수인 막내 사제만이 화산파의 운검진인과 자웅을 겨룰 자격이 있지 않겠습니까?"

"그야 뭐."

"그렇긴 하네만. 지엄한 장문 사형의 명을 어기고 조사전에서 탈출한 대죄를 그냥 넘기긴 어렵네."

"그렇습니다. 죄는 물어야만 하겠지요. 비검비선대회가 끝난 연후에 반드시 그리해야만 할 것입니다. 하나 이번 일은 우리들에게도 잘못이 없다고 할 순 없습니다. 막내 사제의 집에서 온 편지를 고의로 전달하지 않았으니까요. 그렇지 않습니까? 장문 사형!"

원광도장이 원청진인에게 공을 던졌다. 본래 막내 사제 이현에게 감정이 좋지 않은 사람이 대부분인 팔대장로를 불러모은 이유를 원청진인에게 묻고자 함이었다.

그러자 원청진인이 백설이 내려앉은 듯 하얀 수염을 한차례 어루만진 후 천천히 고개를 끄덕여 보였다.

"사제들의 말이 모두 옳네. 막내 사제는 벌을 받아야만 하고, 내년에 있을 비검비선대회에도 참여해야만 하네. 그러기 위해 사부님과 우리들이 그동안 막내 사제에게 종남파의 모든 힘을 집결시키지 않았겠는가?"

"물론입니다!"

"바로 그렇습니다!"

"해서, 나는 사제들 중 한 명에게 막내 사제의 추격을 명하고자 하네. 누가 나서겠는가?"

"……."

갑자기 장내가 조용해졌다.

이현을 성토하던 자들이나 옹호하던 자들 모두 침묵에 빠졌다.

그들 중 누구도 무력으로 이현을 제압할 자신이 없었기 때문이다.

그 같은 침묵 속에 원청진인의 시선이 원광도장을 향했다.

"우리 사형제들 중 막내 사제와 가장 교분이 깊은 사람은 원광 사제일세. 이번 일에 나서주겠는가?"

"장문 사형의 명에 어찌 따르지 않겠습니까? 다만!"

"다만?"

"아이들 몇 명을 데려갔으면 합니다."

"아이들이라면 원광 사제의 제자들을 데려가려는가?"

"삼대제자 가운데 두엇 정도면 될 것 같습니다."

"삼대제자?"

"예."

"뜻대로 하시게나."

"감사합니다."

원광도장이 자리에서 일어나 원청진인에게 정중하게 배례했다.

내심 의미심장한 미소를 입가에 매달고서.

                    *   *   *

　종남파를 떠난 후 이현은 사흘 동안 내리 달렸다.

　종남파가 위치한 섬서성에서 고향인 풍현 간의 거리는 대략 8백
리가량!

　그는 하루에 2백 리씩 달려서 풍현을 코앞에 두게 되었다.

　한데, 그가 인근의 저자로 나가서 건육 약간을 사고 다시 발걸
음의 보폭을 빨리하려 할 때였다.

　후다닥!

　느닷없이 으슥한 관도의 죽림 속에서 두 명의 사내가 뛰어나
오더니, 전력으로 이현을 향해 부딪쳐 왔다.

　"어이쿠! 나 죽네!"

　"이놈이 사람을 치네? 어떻게 할거야? 네놈한테 부딪쳐서 내
하나밖에 없는 동생의 팔이 부러졌잖아! 아주 동강나 버렸잖아!
이렇게! 이렇게!"

　"으헉! 형님, 발로 차지 마십시오! 진짜로 부러지겠어요! 부러
져 버린다고요!"

　"이것 봐! 진심으로 고통스러워하잖아! 눈에 눈물까지 맺힌
게 이건 진짜 아픈 거라고!"

　"그러니까 형님, 그만 발로 차라고요! 자꾸 그러시면 형님 발
도 부득이하게 부러지는 수가 있어요!"

　"뭐라고! 이 후레자식 같은 놈이 누가 누구 발을 부러뜨린다
는 거야? 넌 위아래도 없냐!"

　"으악! 아, 정말! 더 이상 못 참겠다!"

"이 죽일 놈이 감히 하극상을 일으키다니!"

"그러게 누가 내 아픈 팔을 자꾸 걷어차라고 했습니까? 걷어차라고 했냐고요!"

서로를 향해 원색적인 욕설을 쏟아내며, 싸움을 벌이고 있는 두 흉포한 인상의 소유자를 이현은 물끄러미 바라봤다.

살짝 치켜 올라간 눈꼬리.

왼쪽 눈가에 자리 잡은 몇 개의 흉터가 자연스럽게 꿈틀거리기 시작했다.

세 번째다.

정확히는 어제 아침 저자에서 잠깐 들렀던 수점에서 식사를 하고 길을 나선 후 오늘까지 눈앞의 사내들은 뒤따라왔다.

계속 주변을 얼쩡대더니, 결국 대놓고 시비를 걸어왔다.

지난 십여 년간 없었던 일을 하루 사이에 만난 셈이다.

그의 무명(武名), 마검협이다.

명문 정파인 종남파 출신이나 아주 더러운 성질을 가지고 있었다.

한번 검을 빼 들면 결코 그냥은 집어넣지 않고 살아온 지난 세월이었다.

이런 식의 노골적인 시비를 평소 때 같았으면 그냥 참아서 넘겼을 리 없다.

바로 검을 뽑아서 시비를 건 자들의 목을 날리고, 그 배후를 철저하게 색출해서 뿌리까지 완전히 뽑아버렸을 터였다.

하지만 지금은 급히 고향으로 돌아가던 중이었다.

정체도 불분명한 자들과 소란을 벌일 수는 없다.

자칫 인근에 소문이라도 나면 종남파에서 나온 추격대에 덜미를 잡힐 수도 있었기 때문이다.

'게다가 이자들이 날 어제부터 추격하다 시비를 걸어온 게 과연 우연인지 신경 쓰인다. 어쩌면 상당한 배후가 숨겨져 있을지도 모르는 일이니까.'

내심 눈을 빛낸 이현이 발걸음을 가볍게 교차시켰다.

잠영보(潛影步).

종남파의 독문신법을 펼친 이현이 단숨에 멱살을 잡고 서로를 향해 다채로운 종류의 욕설을 쏟아내고 있던 두 사내 사이로 빠져나갔다.

그렇게 자신의 인내력을 다시 한 단계 높은 경지로 승화시켰다.

그리 오래가진 못했다.

그 순간, 마치 이현의 이 같은 선택을 예측이라도 한 것처럼 덫이 발동되었다.

바닥이 뒤집어지고, 하늘 위에서 그물이 떨어져 내렸다.

끝에 갈고리가 달린 쇠사슬 역시 발과 허리를 노리며 날아들었다.

한 산의 주인 노릇을 하는 호랑이라도 충분히 잡을 만한 덫이 동시에 몇 개나 발동한 것이다.

"됐다!"

"됐어!"

이현에게 시비를 걸다가 싸움에 돌입했던 자들이 환호성을 터뜨리며 뒤로 물러났다.

그들이 지금까지 했던 모든 행동이 지금 이 순간을 위한 것이었음을 알게 하는 모습이다.

"하하!"

이현은 웃었다.

아주 유쾌하게 웃으며 자신을 향해 덮쳐들고 있는 덫을 바라봤다.

미치기라도 한 것일까?

비슷하다.

순간 마검협이라 불리는 광기가 폭발했다.

꼭지가 돌았다는 원색적인 표현도 가능하다.

회심퇴(懷心腿).

그의 발이 다리와 허리를 노리며 날아든 쇠사슬을 걷어찼다.

번개같이 밖으로 튕겨냈다.

상반신 역시 그냥 놀고만 있진 않는다.

팍!

한차례 허리를 퉁기자 몸이 회전했고, 뒤축이 간단히 떨어져 내린 그물을 날려 버린다.

모든 동작이 단숨에 진행되었다. 눈으로 쫓기도 어려울 정도의 속도다.

휙!

그리고 궁신탄영을 이용해 신형을 날린 이현이 자신에게 시비를 걸던 사내들의 머리 위로 떨어져 내렸다. 마검협의 광기가 발동한 이상 적당이란 말은 그의 사전에 존재하지 않는다.

퍼퍽!

퍼퍼퍼퍼퍽!

이현의 손발이 마구 사내들을 두들겨서 순식간에 곤죽으로 만들었다.

진짜로 그들의 주장대로 팔을 부러뜨리고, 다리를 부러뜨리고, 다시는 움직이지 못하게 만들었다.

두두두두두!

그때 눈앞에 펼쳐졌던 관도의 언덕 너머에서 지축을 울리는 말발굽 소리가 들려왔다.

우연일 리 없다.

말 위에 탄 붉은 경장 차림의 여성의 손에는 길쭉한 장창이 들려져 있었다.

기마와 하나가 되어 단숨에 이현의 허리를 꿰뚫어 버리려 했다.

'흐흐, 드디어 우두머리가 나섰군.'

이현이 내심 냉소하며 자신을 향해 곧장 찔러 들어오는 창날을 향해 벽운천강수(碧雲天剛手)를 날렸다.

쩡!

쇳소리가 났다.

기마일체가 되어있던 붉은 옷의 여성 역시 공중으로 붕 떠올랐다.

순식간에 두 토막으로 변한 장창과 함께 비참하게 말에서 떨어져 내린 것이다.

"엉엉! 잘생긴 오빠, 한번만 봐주세요!"

"누가 오빠야? 그보다 너 몇 살이야?"

"방년 스무 살……."

"거짓말할 때 마다 다시 열 대씩 맞는다!"

"…마흔다섯 살이에요."

'그런 주제에 날 오빠라 부르다니! 내가 그렇게 늙어 보이나?'

이현의 나이는 서른두 살이다.

어린 시절부터 종남파에서 심각할 정도로 힘든 고련을 거듭한 끝에 피부가 좀 검고, 눈가에 흉터 몇 개가 생겼으나 그럭저럭 호남이라 불릴 만했다.

키도 크고 무림인답게 몸매도 균형 있게 잘 빠져서, 오랫동안 활동해 온 섬서성 일대에서는 제법 여인들에게 인기가 있었다.

엄격한 종남파의 계율과 무공에 매진하느라 노총각이 되긴 했지만 말이다.

반면 눈앞의 여인은 몸매가 괜찮고, 얼굴이 제법 요염하긴 했으나 화장발임에 분명했다.

짙게 화장을 떡칠해서 주름과 기미를 감추긴 했으나 나이는 속이기 어려웠고, 이현에게 얻어맞아 눈이 밤탱이가 되어 좀 웃겼다.

어찌됐든 지금 중요한 건 그런 게 아니다.

"어째서 날 기습한 거지?"

"오빠한테 한눈에 반해서……."

"방금 전에 내가 뭐라고 했지?"

"…오빠가 가진 보검이 탐나서 그랬어요."

"그렇군."

이현이 고개를 끄덕여 보였다.

그의 검, 청명보검은 3년 전 조사동에 폐관수련을 들어갈 때 장문 사형인 원청진인에게 받은 명검이었다.

그 가치는 그야말로 무가지보(無價之寶)!

당금 무림에서 천하제일인으로 군림하는 운검진인을 이기려면 쇠를 무 자르듯 하는 보검 하나쯤은 있어야 하는 것이다.

'내가 좀 예민했었나 보군.'

내심 고개를 흔들어 보인 이현이 발로 여인의 쇄골을 걸어찼다.

"까악!"

"한동안 창은 들지 못할 거다. 너 때문에 시간을 지체하게 되었으니 말을 가져가도록 하지."

"자, 잘생긴 오빠, 존함이라도 알려주세요."

"복수하러 오게?"

"아뇨. 앞으로 다신 근처에 얼씬도 하지 않으려고요……."

"그냥 내 눈에 띄지 마."

냉정한 한마디를 남긴 이현이 한편에서 평화롭게 풀을 뜯어먹고 있던 말 위에 올라탔다.

그리고 박차를 가하자 말이 쏜살같이 내달리기 시작했다.

고향, 풍현!

이젠 정말 얼마 남지 않았다.

*　　　　*　　　　*

"엉엉엉엉!"

"화정 누님, 울지 마십시오!"

"화정 누님, 그만 우십시오! 누님께서 우시면 우리들도 눈물이……."

뚝!

바닥에 털퍼덕 주저앉아 대성통곡하고 있던 붉은 옷의 여자 진화정이 갑자기 울음을 멈췄다.

거짓말처럼 얼굴 가득 번들거리던 눈물이 흔적도 없이 사라졌다. 그리고 말했다.

"화장 번졌냐?"

"예?"

"화장 번졌냐고!"

진화정이 버럭 소리 지르자 그녀의 곁에 몰려들어 어쩔 줄 몰라 하던 그녀의 수하들이 연신 고개를 가로저었다.

자신들의 상관이자 섬서 하오문의 분타주인 진화정이 근래 화장과 치장에 굉장히 민감해 하는 걸 알고 있었기 때문이다.

그러거나 말거나 진화정은 품에서 동경을 꺼냈다.

그리고 이리저리 살펴보곤 입술이 불쑥 튀어나온다.

"망할 새끼! 이렇게 예쁜 얼굴을 밤탱이로 만들어 놓다니! 잘 못했으면 눈알 빠질 뻔 했잖아!"

"화정 누님, 달걀이라도 가져올까요?"

"당장!"

"예, 바로 대령하겠습니다!"

"아니다!"

막 사방으로 뛰어가려 하는 수하들을 진화정이 소리를 질러 불러 세웠다.

어느새 동경을 보며 얼굴에 분칠을 한 그녀의 눈이 냉철하게 변했다.

"마검협이 종남산을 떠났으니, 곧 그를 찾는 자들이 늘어날 거야. 어쩌면 종남파에서 고수들이 더 나올 수도 있으니까 주변에 애들을 좀 더 풀도록 해!"

"누, 누님, 설마 앞으로도 마검협의 뒤를 캐실 작정이십니까?"

"당연하지!"

"설마 복수를 하시려고……."

"바보야!"

진화정이 수하의 엉덩이를 발로 걷어차고 설명하듯 말했다.

"내년에 화산에서 벌어질 비검비선대회는 우리 섬서 하오문에게 아주 큰 기회야. 그때 벌어질 도박판에서 한몫 단단히 잡기만 하면 우리 조직이 중원에 존재하는 모든 하오문의 주도권을 쥘 수도 있단 말이야."

"하지만 누님, 이번 도박판은 너무 뻔해서 흥행이나 큰판이 벌어지기 쉽지 않을 것 같은데요?"

"물론 객관적으로 봐선 그렇지. 화산파의 운검진인은 정말 강하니까. 하지만 그렇기 때문에 판을 뒤흔들기만 하면 우리는 전무후무한 대승리를 거둘 수도 있는 거야."

"판을 흔든다고요?"

"그래, 방금 전에 내 머릿속에 판을 흔들어서 크게 먹을 방도가 떠올랐다!"

"그게 뭐지요?"

"부전패!"

"부전패요?"

"지금부터 우리 섬서 하오문은 모든 전력을 총동원해서 내년에 벌어질 비검비선대회에 마검협이 나오지 못하게 만들 거야. 그래서 양쪽에 돈 건 자들의 몫을 모조리 쓸어 담는 거지."

"그게… 가능하겠습니까?"

"가능하게 만들어야지! 마검협은 이번에 나 혈갈(血蠍, 붉은 전갈) 진화정을 건든 대가를 반드시 치르게 될 거야! 오호호호호!"

'복수하려는 게 아니라면서?'

'누님, 진짜 나이를 말했던 게 정말 억울했구나!'

언제 펑펑 울었냐는 듯 하늘을 올려다보며 교소를 터뜨리는 진화정을 수하들이 질린 듯 바라봤다.

*   *   *

고향 풍현.

나이 열두 살에 이현이 야반도주한 후 20년이 훌쩍 지나 돌아온 이곳은 그동안 꽤나 많이 변했다.

하긴 10년이면 강산도 변한다고 했다.

강산이 두 번이 변할 정도의 시간이 지났는데 어릴 때와 똑같기를 바란다면 그건 욕심일 터였다.

무엇보다도 이현 자신이 이미 열두 살 소년이 아니라 삼십 대를 훌쩍 넘긴 나이가 되었다.

게다가 항상 생각해 왔던 금의환향도 아니다.

평생 꿈꿔왔던 최종 목표를 앞두고 알게 된 비보를 떠올리며 이현은 풍현에서도 꽤 깊숙한 곳에 위치한 이가장으로 향하는 발걸음을 점차 빨리하고 있었다.

第二章

그런데 자네 누구라고 했었지?

"아버님은 어떠십니까?"

"으음, 그것이……."

"괜찮습니다. 고모님께서 보낸 서신으로 대충 사정은 알고 있으니, 숨김없이 말씀해 주십시오."

"…그럼 내 편하게 말함세."

"예."

"부친께서 병을 앓으신 지 벌써 오 년이 넘었네. 현재는 골수 깊숙한 곳까지 병마가 침범해서 치료를 계속한다 해도 향후 정상적인 생활은 어려우실 듯하네."

"예? 아버님께서 돌아가시는 게 아니셨습니까?"

"생사를 어찌 함부로 논할 수 있겠는가? 부친께서 마음의 병이 깊지만 꾸준히 내가 치료해 왔기에 당장 생명에는 큰 문제가

그런데 자네 누구라고 했었지? 43

없다네."

"망할!"

이현이 갑자기 거친 욕설을 내뱉었다.

단지 그뿐만이 아니라 살짝 살기가 방출되자 눈앞에 있던 의원 하생의 안색이 창백하게 질렸다.

오십 대 초반의 나이임에도 건강만큼은 자신 있었는데 몸에서 힘이 쪼옥 빠지고, 등줄기로 식은땀이 줄줄 흘러내린다.

흡사 산길을 걷던 중에 갑자기 커다란 호랑이라도 만난 듯싶다.

잠시뿐이었다.

곧 이현이 자신의 행태를 깨닫고, 기력을 조절했다.

밖으로 방출시켰던 기운을 거둬들여서 하생을 고통으로부터 벗어나게 했다.

그렇게 하지 않는다면 심각한 내상을 입어서 후일 중병을 앓을 수도 있었기 때문이다.

그래도 속이 끓는 건 어쩔 수 없다.

'고모님, 날 이렇게 속이다니!'

그렇다.

그는 속았다.

완전히 속아 넘어갔다.

부친의 하나밖에 없는 여동생인 고모 이숙향이 보낸 서신에 적힌 '부친 위독'이란 문구에 놀라서 그는 폐관수련을 깼다.

마음이 급한 나머지 장문 사형에게 변변한 얘기도 남기지 못하고 집으로 달려온 것이다.

부친의 임종을 지키지 못한 불효자가 되지 않기 위해서 말이다.

하물며 이숙향은 20여 년 만에 돌아온 이현에게 제대로 된 설명조차 해주지 않았다.

그냥 '밥은 먹고 다니냐?'란 말을 한마디 던진 후 눈앞의 의원을 만나게 했다.

고향을 떠나던 날 밤 봇짐을 던져줄 때와 다름없이.

하지만 어쩌겠는가.

그게 바로 고모 이숙향이었다.

지난 20년간 남몰래 서신을 주고받은 건 그녀의 그 같은 성품이 편했기 때문이었다. 항상 입에 집안의 명예와 학사로서의 자부심만을 달고 산 부친과 다른 넉넉함을 가슴속 한편에 심어주었다.

"하아!"

결국 입에 무거운 한숨을 매단 이현이 여전히 안색이 좋지 못한 하생에게 말했다.

"아버님께서 마음의 병을 앓고 계시다고 하셨습니까?"

"그, 그렇다네."

"정확한 병명이 어찌 됩니까?"

"노망이라네."

"노망이요?"

"그래, 몇 년 전 치매기가 오더니, 최근에 아주 심해졌다네. 이젠 정상적인 생활은 힘들게 되었다고 봐야 할 거야."

"정상적인 생활이 힘들다면……."

"아직 벽에 똥칠은 하지 않지만, 좀 더 지나면 그리될 가능성도 배제하지 못할 걸세."

"…헉!"

이현이 저도 모르게 다시 신음을 토해냈다.

벽에 똥칠이라니!

상상도 해보지 못한 일이다.

삼대째 진사를 배출한 이가장에서 유일하게 전시(殿試)를 치른 학사 중의 학사가 부친 이정명이었다.

특유의 꼿꼿하고 고고한 성품 때문에 그리 오랫동안 관직에 머물진 못했으나 풍현 인근에서는 대학사로 명성이 높았다.

그야말로 개천에서 난 용이나 다름없는 분이신 것이다.

그래서 늦둥이에 삼대독자로 태어난 이현의 삶은 고난의 연속이었다.

부친의 학사로서의 드높은 자부심과 하나밖에 없는 자식에 대한 기대는 상상을 초월했다.

어린 시절부터 이현을 완전히 질리게 만들었다.

단언컨대 그는 부친과 달리 뛰어난 공부 머리를 타고나지 않았기 때문이다.

다행스럽다고나 할까?

이현은 어린 시절, 자신이 다른 쪽으로 제법 재능이 있다는 걸 깨달았다.

학사 집안의 자제임에도 주먹질로는 동리에서 따를 또래가 없었고, 근처 무관에서 눈동냥으로 배운 무공초식은 연마하면 할수록 위력이 강해졌다. 정식으로 무관에서 배운 또래들조차 그의 상대가 되지 못했다.

특히 검!

3척 길이의 이 차갑고 날카로운 쇠붙이가 이현은 좋았다.

처음 무관의 대제자란 녀석이 얻어맞은 다음 날 검을 빼 들고 달려온 날부터 혼을 빼앗겨 버렸다. 자신을 향해 휘둘러지던 요사스러운 검광과 바람을 가르던 소리, 올올이 온몸에 닭살이 일어나게 하던 감각까지…….

모든 것이 이현을 흥분시켰다.

매료시켰다.

마음을 온통 뒤흔들어 놨다.

'그리 오래가진 못했다. 집안의 패물을 훔쳐서 무관의 노사에게 몰래 갖다 주고, 검법을 전수받는 걸 아버님한테 석 달 만에 들켰으니까.'

"문(文)으로 천하에 명성을 떨칠 학사의 길을 외면한 놈! 하찮은 검이나 휘둘러서 집안의 명예를 땅에 떨어뜨릴 놈! 그래서 집안을 말아먹을 놈!"

부친의 저주 같은 노여움을 뒤로하고 이현은 그날 밤 이가장을 떠났다. 마음에 드는 남편감이 없다는 이유로 처녀로 남은 고모 이숙향이 내준 봇짐 하나만을 등에 짊어진 후 미련 없이 부친의 곁을 떠났다.

절연?

그렇게 생각하진 않았다.

처음에는 자신과 자식의 길이 다름을 이해하려 하지 않는 부친에게 화가 났다.

다시 보고 싶지 않을 정도였다.

하지만 서서히 마음이 바뀌었다.

무림의 거친 세파를 헤치며 무수한 혈전을 거쳐 가며 점차 자신만의 검을 닦아가며 부친에 대한 화가 가라앉았다.

여전히 그가 이해되진 않았으나 언젠가 사나이 대 사나이로 얘기를 나눌 수 있다고 여겼다.

검의 끝!

천하제일검의 자리에 오른 후 당당히 이가장으로 돌아와 부친에게 '아버님, 그동안 문의 끝에 오르셨냐고 웃으며 말하고 싶었다.

그때 서른세 명만이 오를 수 있다는 전시를 어전에서 본 사실을 평생 자랑으로 여겼던 부친의 표정과 대답을 아주 조금쯤 기대하고 있었다.

'그런데 이젠 모두 끝이로구나! 아버님은 이미 예전에 내가 알던 그분이 아니게 되어버리셨으니…….'

내심 씁쓰레한 표정을 지어 보인 이현이 의원 하생에게 사의를 표하고 부친이 있는 안채로 향했다.

이제야 고모 이숙향의 의중을 알겠다.

그녀는 노망이 든 부친을 대신해 집안을 이끌 사람이 필요했으리라. 잘 기억은 안 나지만 고향에서 이가장의 위치는 결코 작지 않았고, 관계된 사업도 꽤 여럿 존재했으니까.

'…하지만 고모님은 나에 대해 너무 모르셨다. 아버님의 상태를 확인한 후 나는 곧바로 종남으로 찾아갈 것이다. 장문 사형

과 장로 사형들이 하는 잔소리를 듣는 건 사양하고 싶은 일이지만 말이야.'

종남파.

고향을 떠나 오랫동안 무림을 전전하다 우연찮게 입문하게 된 사문은 아주 재미난 곳이었다.

평생 동안 '공자왈, 맹자왈' 하던 아버님이 말씀하시던 성현의 도리 따윈 더 이상 신경 쓰지 않아도 되었다.

엄격한 규율이 존재했으나 그걸 뛰어넘는 무인의 길 또한 있었다.

강한 자가 곧 법이다!

아주 마음에 들었다.

검의 궁극에 도달하기 위한 수련을 쌓기에 그야말로 이상적이었다.

오랫동안 몸에 의복처럼 두르고 있던 허례허식(虛禮虛飾)을 싹 벗어던지고 이현은 마음껏 날뛰었다.

어떤 자도 다시는 앞을 가로막아 설 엄두를 내지 못할 정도로 화끈하게 천하 무림을 헤집고 돌아다녔다.

그래서 나중에는 그의 무명을 듣는 것만으로도 우는 아이가 울음을 멈춘다는 악명을 얻었다.

마검협!

종남파를 대표하는 최강의 고수!

며칠 전까지 오랫동안 천하제일인의 위치를 고수해 왔던 무적
의 고수 운검진인을 혹시 이길지도 모른다는 기대를 한몸에 받
았다. 최소한 종남파 내에선 말이다.

그래서 이현은 당당했다.

다시 자신의 삶으로 돌아가는 걸 주저할 생각이 없었다. 안채
의 문을 열고, 20년 만에 부친 이정명을 만나기 전까진 말이다.

                *   *   *

"아… 버님?"

"허허, 자네는 누군데 날 아버님이라 부르는가?"

"소자 현입니다."

"현? 현이라고?"

"그렇습니다."

"허허, 희한한 일이로군. 어찌 내 보배 같은 아들놈과 같은 이
름을 가졌는고?"

"저기 제가 그 현……."

"아! 그러고 보니 자네는 잘 모르겠구먼. 이현이라고 내가 다
늦은 나이에 얻은 아들이라네. 우리 이가장에 삼대독자가 태어
난 게야. 천지신명에게 감사하게도 말일세."

"……."

"그런데 난산이었다네. 아내도 늙은 나이에 초산을 하게 된지라 사흘 밤을 꼬박 산통을 겪는 바람에 내가 애가 타서 죽을 뻔했다네. 그래도 다행히 모자가 무사해서 내 걱정을 덜었네. 현이 고놈이 제 어미를 고생시키긴 했어도 울지 않고 방실방실 잘도 웃는 것이 아주 사내대장부답다네."

'아버님, 어머님은 절 낳으신 지 다섯 해 후에 돌아가셨습니다……'

이현은 내심 중얼거리며 당황스러운 표정으로 부친 이정명을 바라봤다.

이런 모습은 처음이다.

항상 학사의 체면과 품위만을 중시했던 부친은 이현에게 단한 번도 지금과 같은 모습을 보인 적이 없었다.

언제나 조금쯤 화가 나 있었고, 언성을 높여서 꾸짖는 게 일상이었다.

멀리서 부친의 그림자가 나타나기만 하면 이현의 얼굴에서 미소가 사라질 정도였다.

그래서 이현은 일찍부터 바깥으로 나돌았다.

되도록 부친과 얼굴을 맞대지 않기 위해서였다. 자신에게 실망하고, 화를 내는 모습을 보고 싶지 않았기 때문이다.

그런데 지금 부친은 따뜻하게 웃고 있었다.

자신이 늘그막하게 얻은 자식의 자랑을 누군지도 모르는 사람을 앞에 두고 서슴없이 하고 있었다.

마치 이현이 기억하지 못하는 과거로 돌아간 것처럼 말이다.

이정명이 말을 이었다.

"그런데 자네 누구라고 했었지?"

"소자 현입니다."

"현? 참 이상도 하구만. 내 아들 이름도 현이라네. 이가장의 삼대독자인데 아주 잘생겼다네. 다행히 못생긴 아비를 닮지 않고, 미인인 제 어미를 닮아서 인물이 아주 훤칠해. 나중에 내 뒤를 이어서 대과에 급제를 하게 되면 온갖 명문 거족들로부터 매파가 줄을 이을 게야. 본래 인물값을 한다고 하지 않던가? 그래도 약관 이전에는 장가를 보내서 손주를 볼 작정일세."

'아버님, 죄송합니다. 저 아직도 총각입니다. 아직 여자 손 한 번 잡아보지 못했습니다……'

"그래서 자네 누구라고 했었지?"

"저는……"

이현이 잠시 말끝을 흐린 후 말했다.

"…이가장에 하룻밤을 유숙하러 온 사람입니다. 숙향 소저께서 이 학사님과 담소라도 나누라 하셔서 왔습니다."

"아하! 숙향이가 들여보낸 게로군. 그러고 보니 자네 인물이 제법 괜찮구만. 올해 나이가 몇이나 되나?"

"서른두 살입니다."

"생각보다 제법 나이가 많군. 하지만 얼굴이 잘생겼으니 되었네. 혼인은 했는가?"

"아직 하지 못했습니다."

"잘되었네!"

자신의 무릎을 손으로 가볍게 내려친 이정명이 은근한 표정으로 말했다.

"자네 우리 숙향이를 어찌 생각하는가?"

"예?"

"내 동생이라서 하는 말이 아니라 근래에 보기 드문 재색을 겸비한 아이라네. 그동안 무수히 많은 매파가 이가장에 문지방이 닳도록 들락거렸으나 인석이 원체 콧대가 높지 뭔가. 여태까지 누구한테도 마음을 열지 않아서 아직 옥 같은 처녀의 몸이라네."

'아버님, 고모님은 여전하십니다. 아마 제 생각엔 평생 혼인 같은 건 하지 않으실 것 같습니다……'

"그런데 오늘 자네를 나와 만나게 주선헌 걸 보면 숙향이 녀석의 마음을 알겠네. 자네를 보통으로 생각하지 않는 게야. 그러니 어쩌겠는가? 이참에 내가 매파 노릇을 해볼까 하는데?"

"그건 숙향 소저가 원치 않으실 것 같습니다."

"겉으로야 그러겠지! 본래 여인들이란 사내 앞에서 도도하게 콧대를 세우고, 속내를 드러내지 않는 게 일상이지 않던가? 나 역시 현이 애미를 얻는 과정이 결코 녹록치 않았다네. 그녀는 본래 황성에서 명성이 드높던 한성부의 여식이었는데, 미모가 대단해서 구애자가 수십에 이르렀다네. 정말 눈이 부실 정도로 아름다웠지……"

"이 학사님?"

"…그런데 자네 누구라고 했지?"

"저는……"

이현이 다시 말끝을 흐렸다. 문득 눈물이 차올라 말을 잇기가 쉽지 않았다. 자신을 모호한 눈빛으로 바라보고 있는 부친을 계속 태연하게 대하기가 어려웠다.

슥!

그래서 그는 큰절과 함께 부친 이정명에게 작별을 고했다.

계속 그의 부드럽고, 따뜻하며 낯선 얼굴을 보고 있을 수 없었기 때문이다.

*　　　　　*　　　　　*

밤이다.

어느새 하늘에는 달이 두둥실 떠올라 있었다.

보름달이다. 크고 밝은 달빛이 이가장의 너른 정원을 꽤 환하게 비춰주고 있었다.

두근! 두근!

안채를 벗어나 정원을 가로지르던 이현이 심장 어림을 손으로 살짝 눌렀다.

부친 이정명의 변한 모습에 격동된 마음이 쉬이 가라앉지 않고 있었다. 당장이라도 다시 돌아가서 부친의 두 손을 꼬옥 잡아주고 싶었다.

출종남천하마검행!

천하무림을 종횡하며 피도 눈물도 없이 검을 휘둘렀던 마검협과 어울리지 않는 마음의 변화다.

예상치도 못했던 갑작스러운 변화다.

그래서 당황스러웠다.

제멋대로 격렬하게 뛰놀고 있는 심장의 고동에 완벽하게 벼려져 있던 칼날 같던 심기가 흔들려 버렸다.

그래서였을 것이다.

멈칫!

갑자기 이현은 걸음을 멈췄다.

교교하게 떨어져 내리고 있는 달빛 한가운데에 서서 잠시 멍청하게 서 있었다.

의도적인 일이 아니다.

예상치 못했던 변화!

말 그대로의 변화가 진행되고 있었다, 빠르게.

한 자루 날카롭던 칼날!

갑자기 군데군데 이가 빠져 버렸다.

천지와 하나가 되었다고 여겼던 무(武)의 중심이 갑작스럽게 재구축되어 갔다.

'이건… 주화입마에 빠진 것인가? 내가?'

주화입마!

무공이 극에 이르기 전이나 수련 중 잘못된 길로 빠져서 크게 화를 입게 되는 경우를 뜻한다. 보통 외가보다는 내가의 무공을 연마할 때 위험이 증폭되는데, 이현같이 이미 천하무쌍의 경지에 오른 사람에겐 아주 보기 드문 경우였다.

천분의 일, 만분의 일의 경우의 수 정도 되는 일을 만나게 된 셈이다.

높은 곳에서 떨어지는 게 더 무섭다.

마찬가지로 천하무쌍의 무공 경지에 오른 이현이기에 이번에 만난 위험은 더욱 극대화된 것이라 할 수 있었다.

쉽사리 만나기 어려운 위험이라 대응책 또한 쉽사리 찾기 어려웠다.

자칫 평생 동안 쌓아올린 무공을 모두 잃어버리고, 폐인이 될 수도 있었다.

그런 말도 안 되는 위험에 봉착하고 말았다.

어째서 이런 일이 벌어진 것일까?

이현은 의혹 속에 얼른 평생을 함께해 왔던 현청건강기를 일으켰다.

그렇게 함으로써 주화입마의 위험에서 빠져나오려 했다.

자꾸 이가 빠져 버리는 자신의 칼날에 애써 다시 예기를 일깨우려 노력했다.

하지만 그것만으론 역부족!

한번 어긋나기 시작한 몸속의 기운은 점차 난마와 같아졌다.

제멋대로 몸속을 치달리며 이현이 일으킨 현청건강기의 신공을 좀먹어 들어갔다.

"크으윽!"

절로 신음이 흘러나온다.

주화입마에 따른 지독한 고통에 이현은 자칫 의식의 끈을 놓아버릴 뻔했다.

그 정도로 갑작스레 찾아온 몸의 변화는 극심했다.

그래서 움직인다.

고통을 참아내기 위해서 자신의 모든 것을 몽땅 쏟아내기 시작한다.

격표필(隔瓢筆), 선천공(先天功), 금린마공(金鱗魔功), 태을신공(太乙神功), 은하천강신공(銀河天神功)… 그리고 다시 현청건강기!

초심으로 돌아가 종남파의 내공, 모두를 차분하게 풀어낸다.
그렇게 흐트러져 가는 몸속 기운을 바로 찾기 위해 노력한다.
그것만으로 부족하다.

천성검(天星劍), 무극검(無極劍), 천하검(天河劍), 천성쾌검(天星快劍), 태을무형검(太乙無形劍), 유유무극검(幽幽無極劍), 태을분광검(太乙分光劍), 구궁신행검법(九宮神行劍法), 대천강검법(大天剛劍法), 구상검법(俱傷劍法)… 마지막으로 천하삼십육검(天下三十六劍)!

종남파의 검법이다.
종남파의 모든 것이다.
그것들을 하나 남김없이 이현은 환한 달빛 아래서 쏟아냈다.
몸속에서 자꾸 역류하려 하는 기운을 순류로 돌리고, 다시 마음속의 검에 집중시킨다.
무아지경 속에 자신의 잃어가는 검을 찾는 여행에 빠져든 것이다.
그렇게 얼마나 지났을까?
이현은 문득 부친 이정명을 떠올렸다.

늙어버린 아버님…….

과거의 서슬 퍼렇던 모습이 사라지고, 늦게 본 삼대독자와 사랑하는 아내, 하나뿐인 여동생을 챙기고자 하는 따뜻한 마음만이 남아 있는 아버님…….

그분의 변해 버린 모습에 흔들린 자신을 떠올렸다.

언젠가는 그분에게 자신이 선택한 길을 인정받고 싶다던 어린 마음을 떠올렸다.

그분에게 대들고, 그분이 선택한 길을 외면하고, 그분을 설득하길 포기했던 자신의 어린 시절을 떠올렸다.

어느 순간 그 모든 것들이 한꺼번에 가슴을 채웠다.

만감이 교차하여 가까스로 만들어냈던 마음속 칼날의 이를 빠지게 했다.

숭숭 구멍이 나게 만들었다.

닳고 닳아서 아무것도 벨 수 없을 정도로 무디게 만들었다.

결국 주화입마를 벗어나지 못한 것일까?

그렇진 않았다.

오히려 그 반대였다.

주르륵!

어느새 눈에 맺혀 있던 눈물이 흘러내렸다.

부친과 작별을 고한 후 애써 참고 있던 그분에 대한 사랑을 깨끗이 인정한 것이다.

아무런 조건도 없이, 아주 시원스럽게.

팟!

그게 칼날을 다시 세웠다.

마음속에서 완전히 허물어져 버린 칼날을 새 걸로 만들었다.

여태까지 지니고 있던 것보다 훨씬 강하고 아름다운 검으로 완성시켰다.

깨달음!

천우신조를 만나지 않는 한 얻을 수 없는 귀한 경험!

오랫동안 존재해 왔던 마음속의 벽 하나를 허문 것과 함께 이현의 몸이 극단적인 변화에 들어갔다.

지난 세월 동안 종남파에서 그가 복용했던 엄청난 양의 영약들이 일제히 녹아서 한곳으로 융화되어 가기 시작한 것이다.

마치 둑 터진 제방처럼 한꺼번에 말이다.

스파앗!

그리고 일순 일어난 보름의 달빛을 뛰어넘을 정도의 서광과 함께 당금 종남파가 낳은 최강의 고수 마검협은 이제 더 이상 그때의 마검협이 아니게 되었다.

천하무쌍?

지금의 그에겐 우스울 뿐이었다.

*　　　　*　　　　*

"오라버님은 뵈었느냐?"

"예."

"그런데 너 얼굴이……."

"예?"

"아니다. 시장할 테니 밥이나 먹자."

그런데 자네 누구라고 했었지? 59

"고모……."

이현은 제 할 말만 하고 신형을 돌려세우는 고모 이숙향의 뒷모습을 잠시 바라보고 있었다.

만약 그녀를 만나지 않았다면 어땠을까?

어쩌면 그는 이대로 이가장을 떠났을지도 모른다.

그래서 부친을 만난 후 얻은 깨달음을 곧바로 확인해 보고 싶었다.

내년에 벌어질 비검비선대회까지 참지 않고, 당장 화산으로 달려가 운검진인과 검을 맞대고 싶은 욕망을 강하게 느낀 것이다.

하지만 불행인지 다행인지 이숙향은 이가장의 대문 앞을 지키고 서 있었다.

애초에 그녀를 피해 이가장을 떠날 방도는 없었는지도 모르겠다. 언제나 그렇듯 인생이란 항상 자기 뜻대로 되지 않는다.

"…쳇!"

결국 나직한 투덜거림과 함께 이현이 이숙향의 뒤를 따라 걸어갔다.

식사는 단출했다.

밥은 하나 가득 퍼져 있으나 반찬은 세 가지가 전부였다. 20여 년 전과 조금도 변함이 없는 이가장 전통의 밥상이다.

"……."

잠시 밥상을 바라보다 수저를 든 이현이 묵묵히 식사를 시작했다.

그의 바로 앞에는 이숙향이 단정하게 앉아 있었다.

함께 식사를 하진 않으나 자리를 뜨지 않는다. 오랜만에 집에 돌아온 이현이 혼자 식사하게 하고 싶지 않았던 것이리라.

그렇게 이현이 식사를 끝마칠 무렵이었다.

줄곧 야무지게 입을 다물고 있던 이숙향이 물잔을 건네며 말했다.

"역시 너 얼굴이 변했구나."

"얼굴이 변했다고요?"

"그래, 낮에 봤을 때보다 훨씬 어려진 것 같아."

"그럴 리가요……."

이현의 부정적인 반응에 이숙향이 농경을 가져와 내밀었다.

직접 확인해 보란 의미다.

"…헉!"

이현이 동경에 비추인 자신의 얼굴을 보고 입을 가볍게 벌렸다. 이숙향이 한 말이 사실이었기 때문이다.

종남파에서 첫 번째로 출도해 비무행에 나선 후 꽤 많은 일이 있었다.

무림을 떠돌아다니며 몇 번이나 죽을 위기를 넘겼고, 얼굴에도 몇 개나 되는 상처를 입었다.

그 결과 현재 이현의 얼굴은 마검협이란 무명이 어울릴 정도로 강인하고, 냉철한 삼십 대의 인상이었다. 굳이 자평하자면 동나이대의 남자다운 호남형이라 할 수 있을 터였다.

한데 지금 동경에 비추인 얼굴은 전혀 딴판이었다.

백면서생처럼 하얀 얼굴.

상처 같은 건 하나도 남아 있지 않고, 피부는 팽팽하다.

이마나 눈가에 살짝 깃들어 있던 세월의 흔적도 없고, 입가에 얼핏 깃들기 시작했던 팔자 주름 역시 말끔하게 사라졌다.

자칫 누군지 알아보지 못할 지경이었다.

그래서 촛불을 가까이하고 다시 봤다.

혹시 눈이 나빠져서 착각한 게 아닌지 확인하려 한 것이다.

'역시 얼굴이 변했다. 아니, 변했다기보다는 전반적으로 한 열두어 살가량 어려진 것 같은데…….'

객관적으로 볼 때 그 이상이다.

지금 이숙향의 앞에 앉아 있는 이현의 얼굴은 분명 스무 살인 약관 이전의 얼굴이었다.

그것도 험한 무림을 아예 돌아다니지 않은 백면서생과 비슷했다.

아예 무림인과는 거리가 멀어 보이게 바뀌어 버린 것이다.

어째서 이런 일이 벌어진 것일까?

'…이건 설마 반노환동(返老還童)? 아니, 나는 늙은 게 아니니까 환골탈태(換骨奪胎)를 이뤘다고 생각해야겠구나! 방금 전 얻은 깨달음으로 인해 무공의 벽 하나를 뛰어넘었고, 그로인해 육체 역시 갑자기 새 옷으로 갈아입은 거야! 분명 그런 걸 거야!'

반노환동은 늙은이가 아이로 변하는 걸 뜻하고, 환골탈태는 육체가 변화하여 새로워지는 걸 뜻한다.

하나같이 무림에서도 전설상에서나 전해지는 무공의 경지로 이현 역시 이 같은 경험은 처음이었다. 사실 자신의 판단이 맞는 건지도 확신할 수 없었다. 그냥 지레짐작을 할 뿐이었다.

그렇게 잠시 경이의 감정에 빠져 있는 이현을 묵묵히 지켜보던 이숙향이 갑자기 화제를 바꿨다.

"오라버님은 달라지셨다."

"그렇더군요."

"사실은 달라지신 게 아니라 본래대로 돌아오셨다고 해야 할 게다."

"그렇게 말씀하셔도 제게는 낯선 아버님입니다."

"그럴 테지. 오라버님은 새언니가 돌아가신 후부터 사람이 바뀌었으니까."

"그럴 거라고 짐작했습니다."

"그런데도 네 마음은 변함이 없는 것이더냐?"

"아버님께서 원하시던 길은 저의 길이 아닙니다."

"하지만 네 부친이시다. 네게 피와 뼈와 살을 주신 분이야. 그분을 위해서 어느 정도의 시간은 줄 수 있지 않겠느냐?"

"뒤늦게 효자가 되라고 강요하시려는 겁니까?"

"강요가 아니라 네 의중을 묻고 있는 것이다. 너는 여전히 20년 전 부친과 싸운 후 집을 몰래 도망쳤던 어린아이인 것이냐?"

"그건……."

"좋다! 네가 그렇게까지 자신의 뜻을 내세우고 싶다면 하나만 내게 약조해 주거라."

"…말씀하십시오."

"오라버니는 내가 계속 모실 테니, 너는 이가장의 장손으로서의 책무를 다하도록 하여라."

"예?"

"오라버니를 봐서 알겠지만 그분은 네가 태어났을 때부터 줄

곧 자신이 못 이룬 전시의 대장원이 될 거라 말씀하셨다. 하지만 너는 일찌감치 그분의 의중과 다른 길을 선택했으니, 거기까지 바라진 않으마."

'당연한 말씀을!'

"대신 너는 역대 조상님들처럼 이가장의 이름으로 대과에 나설 지격을 얻도록 하여라. 그럼 더 이상 네게 다른 걸 바라지 않을 것이다."

"……."

이현이 황당한 기색으로 이숙향을 바라봤다.

대과!

과거 시험의 다른 말이다.

第三章

소년은 늙기 쉽고, 학문은 이루기 어렵다

   대과는 천하의 무수히 많은 문사, 서생들이 3년이나 4년, 혹
은 6년에 한 번씩 모여서 학문을 겨루는 천하제일의 시험이었
다.

   그 절차는 무려 5차에까지 이르러, 1차인 향시와 초시만 해도
합격자가 천 명가량 되었다.

   그리고 2차인 식년과는 그중 백 명의 생원, 백 명의 진사를
뽑는데 여기에 드는 사람만 해도 한 마을에서 몇 안 나오는 수
재로 학사 대접을 받았다.

   당연히 그 뒤 3차인 대과 초시부터는 상상을 초월할 만큼 시
험의 난이도와 경쟁이 올라간다.

   수년에 걸쳐 생원과 진사에 뽑힌 수천 명의 학사들이 함께 시
험을 치러서 240명만이 4차인 대과 본시를 볼 자격을 얻고, 마

지막 5차인 전시엔 단 33명만이 뽑힌다.

그런데 그 엄청나게 어려운 시험 중 3차 대과 초시를 이숙향은 이현에게 오르길 강요하고 있었다.

조상과 부친을 언급하며 말도 안 되는 억지를 부리고 있는 것이다.

고작 밥 한 그릇을 먹여놓고서 말이다.

'고모는 날 떠나지 못하게 할 작정으로 억지를 부리시는 기구나!'

길게 생각할 필요도 없었다.

이숙향은 노골적으로 자신의 의중을 드러내고 있었다.

역시 피는 속일 수 없다고, 부친과 별반 다르지 않은 성정이다.

한번 고집을 부리자 아주 사람의 숨을 꽉 막히게 한다.

하지만 이현 역시 이가장의 핏줄이었다.

고집스럽기로 따지자면 결코 누구 못지않았다. 오죽하면 한번 찍히면 사파의 마두보다 무섭다는 마검협이겠는가.

눈앞의 밥상!

당장 걷어버릴 수 있었다.

이숙향이 한 말 따윈 깨끗이 무시할 수 있었다.

분명 그럴 마음을 품을 수 있는 성질머리였다.

하지만 이현은 그렇게 하지 않았다.

문득 부친 이정명의 얼굴이 떠올랐고, 그로 인해 두근거렸던 심장과 깨달음에 신경이 쓰였기 때문이다.

그는 묵묵히 남은 밥을 마지막까지 씹어 먹고서 천천히 고개를 끄덕여 보였다.

"알겠습니다. 그렇게 하지요."

"고맙다."

"그전에 하나 묻고 싶은 게 있습니다."

"말해 봐."

"이가장에 언제부터 이렇게 사람이 적어진 겁니까?"

"몇 년 되었다."

"아버님의 병환 때문입니까?"

"오해하지 마라. 이가장의 재정이 부족해서 일하는 사람들을 내보낸 게 아니니까."

"그럼 어째서 그리하신 겁니까?"

"오라버니는 오랫동안 존경받는 학사셨다. 몸이 불편하시다고 하여 외인들의 입방정에 오르내리게 하고 싶진 않았다."

"그렇군요."

다시 고개를 끄덕여 보인 이현이 밥상을 물리고 일어섰다.

그러자 기다렸다는 듯 이숙향이 미리 준비해 놨던 옷 한 벌을 내밀며 말했다.

"사랑방에 네 잠자리를 마련해 놨으니, 편한 복장으로 갈아입고 쉬어라."

"예."

이현이 대답과 함께 옷을 받아들었다.

*　　　　*　　　　*

수일이 흘렀다.

처음, 종남산을 떠날 때의 예상보다 훨씬 많은 기간을 이가장에서 머물게 된 이현의 하루는 단순했다.

새벽 첫 닭이 울 때 기상한 그는 한동안 좌정한 채 운공조식을 취하고, 묵상에 들어간다.

종남파의 조사동에서 늘 하던 대로 심상수련을 통해 화산의 천험절봉으로 돌아가 운검진인과 치열한 검부에 집중한다.

그 후 승패를 곱씹으며 그는 이가장을 벗어나 풍현 주변을 가볍게 한 바퀴 돌았다.

물론 여기서 가볍게 돈다는 건 어디까지나 마검협이라 불리는 희대의 고수 입장에서 그렇다는 것이다.

이가장을 벗어나자마자 경공을 펼친 그는 곧 한줄기 바람으로 변했다.

그 정도로 빠른 속도로 풍현을 둘러싼 몇 개의 작은 산과 하천을 단숨에 뛰어다녔다.

중간에 몇 명쯤 동네 사람을 만났으나 누구도 이현의 모습을 제대로 확인할 수 없었다.

그냥 꽤 거센 바람을 만났다고 지레짐작할 따름이었다.

그렇게 반 시진 정도가 지난 후 이현은 이가장에 돌아왔다.

족히 2, 3백 리 정도를 달렸으나 간단히 혈행을 풀어준 것에 불과하다.

아침을 먹기 전에 적당히 식욕을 북돋은 정도란 뜻이다.

그 후 이현은 가족과 함께 아침 식사를 한다.

여전히 아버님은 자신의 앞에 있는 이숙향과 이현의 정체를 궁금해 했으나 분위기만은 꽤나 밝았다.

과거완 비교할 수 없을 정도로 화목한 식사라고 할 수 있다.

그리고 정오가 지날 무렵, 드디어 이현은 서책을 펼쳤다.

부친의 책상 앞에 단정하게 가부좌를 틀고 앉아서 서책들을 열심히 읽어 내려간다.

성현들의 말씀, 하나하나에 집중한다.

분명 그러려고 했다.

따악!

"헉!"

뒤통수에 느껴진 타격감에 놀린 이현이 눈을 부릅떴다.

자신도 모르는 사이 또 졸았던 모양이다.

그러자 어느새 코앞까지 다가온 이숙향이 한 손에 죽채를 든 채 고개를 살래살래 흔들어 보였다.

"간밤에 잠을 이루지 못한 것이냐?"

"숙면을 취했습니다만?"

"숙면을 취했는데, 어째서 책상머리에 앉자마자 조는 것이냐?"

"제가 졸았다고요?"

"그래, 앉아서 글 몇 줄을 읽더니, 곧 꾸벅거리며 졸기 시작하더구나."

"그럴 리가요?"

"졸지 않았다는 것이냐?"

"예."

단호한 이현의 대답에 이숙향이 다시 고개를 흔들어 보였다.

"세월이 지났는데도 네 버릇은 여전하구나."

"예?"

"일단 입가에 침이나 닦아라!"

"쩝!"

이숙향이 건네주는 손수건을 받아들며 이현이 입맛을 다셨다.

태연한 반박과 달리 마음 한구석이 켕겼기 때문이다.

그러나 그것도 잠시 뿐.

손수건으로 얼른 입가를 박박 닦은 이현이 화제를 바꿨다.

"고모, 빈손으로 오신 건 아니겠지요?"

"빈손으로 오지 않으면?"

"불철주야 공부에 매진하는 조카를 위해 다과라도 한상 차려 오셨을 거라고 생각했습니다만?"

"불철주야 공부에 매진하는 조카를 둔 적이 없어서 무슨 말을 하는지 모르겠구나. 게다가!"

슬쩍 목청을 높인 이숙향이 이현이 앉아 있던 책상 밑으로 손을 쑥 집어넣었다.

"너는 이미 다과보다 좋은 걸 숨겨놓고 있었지 않느냐?"

"……."

이현은 이숙향이 책상 밑에서 꺼내든 여러 종류의 육포와 고기 전병을 보고 머쓱한 웃음을 지어 보였다.

고모가 이렇게 귀신같을 줄 어찌 알았으랴.

이숙향이 고개를 흔들며 말했다.

"그래도 다행이구나. 술은 몰래 숨겨두지 않아서."

"어찌 아버님께서 공부하시던 장소에서 술을 입에 댈 수 있겠습니까?"

"고기는 괜찮고?"

"하하, 제가 집을 떠난 후 영양적으로 많이 부실한 삶을 살았습니다. 그래서 약간의 식탐이 생겼을 뿐입니다."

"무림에서 잘나간다고 하더니, 딱히 그런 것도 아니었나 보구나."

"무림에서 잘나가는 것 하고 이건 같은 선상에서 나눌 얘기는 아닌 것 같습니다만……."

"뭐, 그건 그렇고."

이현의 말을 단호하게 중간에서 끊은 이숙향이 품속에서 서신 한 통을 꺼내서 내밀었다.

"…이건 뭔가요?"

"청탁서다."

"청탁서요?"

"그래. 널 청양에 있는 명문 숭인학관에 입학시키기 위해서 오라버님의 이름을 좀 빌렸다. 그곳의 목극연 대학사님은 본래 오라버니와 동문수학한 분이니, 네게 큰 도움이 될 것이다."

"잠깐만요!"

이현이 갑자기 목청을 높였다.

자신도 모르게 고모가 미리 손써놓은 일에 당황했기 때문이다.

그러나 이숙향은 거침이 없다.

아무렇지도 않게 이현의 손에 청탁서를 쥐어준 그녀가 안색하나 변치 않고 말했다.

"봇짐은 이미 싸놨으니까 지금 당장 출발해라. 청양은 이곳에서 3백 리가량 떨어져 있으니까 요깃거리도 넉넉히 챙겨가고 말이야."

"정말 이렇게 절 쫓아내시겠다는 겁니까?"

"응."

"이러시는 건 아니죠! 저에게도 바뀐 현실에 적응할 시간은 필요한 거잖아요!"

"그 현실 적응, 숭인학관에 가서 하도록 해라."

"고모님!"

"응, 잘 다녀와. 오라버님은 걱정하지 말고."

"……"

이숙향이 손을 휘휘 흔들어 보였다.

마치 귀찮은 하루살이라도 쫓아내려는 것처럼.

터덜! 터덜!

이가장을 떠난 이현은 숭인학관이 위치한 청양을 얼마 놔두지 않고서 경공술을 거둬들였다.

일진광풍을 떠올리게 하던 움직임을 급속도로 둔하게 바꾼 것이다.

어쩔 수 없다.

청양에 가까워질수록 발걸음이 천근만근 무거워졌으니까.

불편한 마음 때문이다.

본래 이현은 글공부하곤 상극인 사람이었다.

어린 시절 잠깐 동안을 제외하곤 단 한 번도 과거시험과 관련된 서책을 가까이 해본 적이 없었다.

검의 끝을 향한 일로정진!

천하제일검이 되기 위해 헌신한 일생!

그것이 바로 이현이 여태까지 살아온 삶이었다.

이제 와서 그런 삶의 또렷한 지향점을 바꾸고 싶은 생각은 없었다.

치매에 걸린 후 알게 된 부친 이정명의 진심을 듣지 않았다면 말이다.

하지만 사람의 기질이란 게 그리 쉽게 바뀌는 게 아니다.

지난 며칠간 공부에 집중하려 할 때마다 이현은 어느새 딴 짓에 몰두하고 있는 자신을 확인하곤 했다.

서책 안에 쓰여 있는 성현들의 가르침 속에서 검과 창을 든 무사의 생사결전을 확인하곤 했던 것이다.

어쩌면 이건 조사동 안에서 폐관 수련하는 동안 익숙해진 심상수련 때문인지도 모른다. 그는 어떤 상황에서도 무학 수련을 할 수 있는 극강의 무학지(武學知)와 무학근(武學筋)을 지니게 되어버렸다.

한데, 그런 상황에서 학관 입학이라니!

자신보다 한참 어린 아이들과 과거 시험을 준비할 생각만으로도 이현은 끔찍했다.

지금 당장 종남파로 발길을 되돌리지 않기 위해 그는 극고의 인내력을 발휘해야만 했다.

꼬르륵!

그때 이현의 배 속이 울부짖었다.

정말 주인의 번뇌와 고민 따윈 개의치 않는 몸이다.

핏!

이현이 손가락에 한 가닥 진기를 일으켜 관도 주변에 서 있던 나뭇가지를 잘랐다.

적당히 다듬어서 젓가락을 만들기 위함이었다.

슥!

그리고 적당한 높이의 평평한 바위를 찾아가 털썩 주저앉은 이현이 봇짐을 풀었다.

언제 고뇌에 빠져 있었냐는 듯 입가에 미소가 번져 나오고 있다.

식사 시간이야말로 그의 인생 중 최고의 낙인 것이다.

그러나 그것도 잠시 뿐.

곧 이현의 입에서 분노성이 터져 나왔다.

"으아! 몽땅 풀떼기잖아! 다 늙어서 공부하러 유학 가는 조카한테 이딴 것만 싸주시다니!"

"우후훗!"

'응?'

갑자기 귓전으로 파고든 청아한 웃음소리에 이현의 시선이 돌아갔다.

누군가 자신이 내지른 소리를 듣고 비웃는다는 생각이 들었기 때문이다.

그러자 그리 멀지 않은 언덕 위로 백색 궁장 차림의 여인이 보인다.

한 손으로 입을 가리고, 다른 손에 작은 대바구니를 들고 있는 게 꽃이나 약초 같은 걸 채집하러 나온 듯싶다.

'역시 내 말을 들은 게로군.'

이현의 입술이 살짝 일그러졌다.

갑자기 낯모르는 여인에게 자신의 치부를 들킨 것 같아서 기분이 썩 좋지 않았다.

그때 여인이 입에서 손을 떼어냈다.

여인치곤 작지 않은 오 척 다섯 치의 키.

흰 피부에 오밀조밀한 이목구비.

작약을 닮은 듯 붉은 입술 옆에 찍혀 있는 검은 점.

특히 수려하단 생각이 들 정도로 맑은 눈빛이 인상적이다.

종남파를 떠나 천하를 주유하는 동안에도 거의 본 적이 없을 정도로 어여쁜 미인.

"비웃음으로 생각했다면 사죄드리도록 하죠."

"비웃음을 살 만한 짓을 했으니 상관없소."

"하긴……."

"하긴?"

"소년은 늙기 쉽고, 학문은 이루기 어렵다(少年易老學難成)는 말이 있긴 하지만 아직 소공자는 늙음을 한탄할 만한 나이는 아니라고 생각합니다."

'소공자? 쬐끔한 계집애가 날 제 또래로 알고 있는 건가?'

충분히 그럴 수 있는 일이다.

근래 환골탈태한 이현의 현재 모습은 누가 보더라도 약관 이전이었다.

그동안 무림을 구르면서 얻은 관록이나 기세 역시 눈에 띌 정도로 약해져서 일견 백면서생과 같았다.

검을 손에 쥐기는커녕 밖에서 제대로 된 노동 한 번 해본 적 없는 문약한 모습, 그 자체인 것이다.

하지만 그건 어디까지나 남들이 보기에 그렇다는 거다.

이현, 그 자신!

여전했다.

얼마 전 종남파를 떠나온 마검협의 기질을 부드러워 보이는 얼굴 깊숙이 숨기고 있었다.

내심 울컥한 기분이 된 이현이 여인을 쏘아봤다.

"소공자라니, 내가 이래 봬도……."

"한데, 소공자 찬이 너무 부족하군요. 마침 제게 남은 음식이 있는데, 나눠 드려도 될까요?"

"…물론이오! 사양치 말고 나눠주시오!"

"후후후."

언제 화를 냈냐는 듯 태도가 바뀐 이현을 향해 여인이 다시 해사한 미소를 보였다. 가만히 있을 때는 고고한 백합을 닮았었는데, 웃음을 지어보이자 흡사 봄꽃이 만발한 것 같다.

아주 다채로운 매력을 지닌 여인이었다.

그녀가 이현에게 다가와 바구니 속에서 몇 개의 교자와 고기만두를 꺼내 건넸다.

아직도 따끈한 기운이 가시지 않은 것이 만든 지 얼마 되지 않은 것 같다.

"고, 고기!"

"그리 좋은 음식은 아니에요."

"고기가 들어간 것만으로 충분히 좋은 음식이오!"

"그리 말씀해 주니, 감사합니다. 그럼 식사 맛있게 하세요. 그리고 소공자, 공부는 본래 어려운 법입니다. 부디 앞으로 정진하길 바랍니다."

"……."

또다시 거슬리는 소리다.

고모 이숙향을 떠올리게 하는 참견이다.

하지만 이현은 참기로 했다. 너그러워지기로 했다.

고모 이숙향과 달리 눈앞의 여인은 고기가 잔뜩 든 만두를 내줬기 때문이다.

그 같은 이현의 내심을 아는지 모르는지 여인이 고개를 살짝 숙여 보이고 종종걸음으로 떠나갔다.

품위 있는 언행에 어울리는 묘한 향기만을 남겨놓고서.

*   *   *

여인이 떠난 후 느긋하게 식사를 마친 이현은 바위 위에 대자로 드러누웠다.

배가 불러서인가?

방금 전까지의 짜증이 단숨에 사라졌다.

몸에 활력이 돌고, 머릿속이 명료해졌다.

마치 수일 전 달밤에 부친 이정명을 만나고 나오던 중 깨달음을 얻었을 때 같은 쾌적함이 전신으로 퍼져 나가고 있었다.

"으하암!"

이현이 늘어지게 기지개를 켰다.

본래 앉으면 눕고 싶고, 누우면 자고 싶은 법.

어느새 그의 눈이 살포시 감기려 했다. 배부르게 먹고 드러누운 김에 낮잠이라도 자버리려는 태세다.

그러나 곧 그의 절반쯤 감기려던 눈이 크게 떠졌다.

검은색 동공.

그 속에 자리 잡은 은은한 안광.

환골탈태 후 훨씬 순후하게 변한 눈매 속에 문득 작은 신광이 떠올랐다가 사라졌다.

'근래 지나치게 무공이 늘어난 거 아닌가? 그냥 낮잠이나 한 판 때리려 했는데, 부근 10여 리 안의 동정이 손에 잡힐 듯 파악이 되니 말이야. 그건 그렇고, 마음씨 좋던 약초 캐는 아가씨에게 파리 몇 놈이 꼬인 것 같으니 어쩐다?'

거짓말이다.

실제로 10리 안쪽에서 움직이는 인간이나 사물을 파악할 수 있긴 하나 평상시에는 전혀 개의치 않았다.

그냥 길을 가다 스쳐 지나가는 평범한 풍경이나 다름없게 여겼다.

당연히 이현이 그 평범한 풍경 속에서 한 존재를 특정지은 건 관심 때문이었다.

여인에게 상당한 인상을 받았기에 관심이 갔고, 무의식적으로 그녀의 종적을 쫓다가 이상 징후를 발견했다.

몇 명의 사내가 그녀의 뒤를 몰래 뒤따르고 있었던 것이다.

그럼 이제 어찌해야 할까?

긁적!

이현이 눈살을 찌푸리며 목 부근을 긁었다.

곤란함을 느껴서가 아니다.

그냥 어떻게 일을 처리할지에 대한 잠시간의 고민이었다.

'뭐, 얻어먹은 고기 값은 해야 하는 거니까.'

평범한 결론과 함께 이현의 손바닥이 바위를 가볍게 때리며 신형을 일으켜 세웠다.

팟!

거의 일직선의 움직임.

만약 부근에 조금이라도 무공에 대해 아는 자가 있었다면 경탄을 금치 못했으리라.

일견 간단해 보이는 동작이나 완벽하게 신체의 모든 부분을 제어할 수 없다면 보일 수 없는 동작이었기 때문이다.

그것만으로 끝일 리 없다.

스으— 팟!

순간적으로 발끝에 힘을 준 순간 어느새 이현은 한줄기 바람으로 변해 있었다.

얼마 전 그의 곁을 떠나간 여인의 흔적을 쫓아서 내달리기 시작한 것이다.

여인을 따라잡는 데는 그리 긴 시간이 필요치 않았다.

대략 촌분이 조금 넘게 걸렸을 뿐이다.

슥!

순식간에 여인에게서 얼마 떨어지지 않은 장소에 도착한 이현이 허리를 살짝 숙여 보였다. 부근에 있는 커다란 바위에 자신의 몸을 숨기기 위함이었다.

'역시 약초를 캐러온 거로군. 하지만 저런 식으로 괜찮은 걸까?'

이현은 약초에 대해 아는 게 없다.

사실 한 번도 약학이나 의술에 관심을 가져본 일이 없었다.

그가 그나마 아는 건 칼이나 병기에 상처를 입었을 때 바르는 금창약과 내상약 정도였다.

무림을 돌아다니다 상처를 당했을 때 의원에서 구한 약들이었다.

당연히 그에게 세상의 모든 초목(草木)은 그냥 풀이었다.

종류 같은 걸 분류하거나 이해할 생각 따윈 전혀 없었다.

아예 관심 밖이었다.

하지만 그런 그가 보기에도 여인의 약초 채집은 어설퍼 보였다.

한 손에 든 책을 펼쳐 방금 캐낸 약초를 대조하고 있는데 얼굴에 망설임이 가득했다.

'하하! 눈동자가 흔들리고 있어! 저건 단언컨대 전혀 모르겠다는 표정이 분명해!'

이현의 표정이 밝아졌다.

여인의 뒤를 쫓아온 이유 따윈 까맣게 잊고서 입가에 미소를 매단 채 흥미진진한 표정을 지어보였다.

여인의 시시각각 변해가는 표정이 무척이나 재미있었기 때문이다.

한데 갑자기 그의 귀가 쫑긋 움직였다.

약초에 완전히 정신이 팔려 있는 여인 쪽으로 조심스럽게 다가드는 몇몇 인기척이 있었다.

바위 위에 누워 있던 중 파악한 여인에게 달라붙은 파리들이다.

게다가 그중 두 명은 무공을 익히고 있었다.

'한 명은 수준이 삼류긴 해도 그럭저럭 독문의 호흡법 정도는 익혔고, 다른 한 명은 발걸음이 가벼운 게 경공에 재간이 있는 자겠군.'

독문의 호흡법을 익혔다는 건 내공을 연마했다는 뜻이다.

내공이란 천지의 기운을 받아들여 하단전에 위치한 기해혈에 한 덩이 구(球)와 같이 축적시킨 후 초인적인 힘을 발휘하는 무공의 수법이다.

그리고 경공술을 익힌 자는 그렇게 쌓아올린 단전의 내공으로 몸을 가볍게 만들어서 보통 사람보다 빠른 속도로 움직일 수 있다.

즉, 여인에게 다가드는 파리 중 두 명은 무림인이었다.

그럼 이제 이현은 어찌해야 할 것인가?

*   *   *

손에 들린 약초를 살피며 고심 어린 표정을 짓고 있던 목연은 뒤늦게 자신에게 다가드는 무리에 대해 눈치챘다.

게다가 그중 한 명은 익히 아는 사람이다.

"당신은 유현장의 둘째인 유정상 공자······."

20대 중반의 나이에 하얀 유생복을 걸친 유현장의 2공자 유정상이 이를 드러내며 웃어보였다.

"소생이 숭인학관의 목연 소저를 이런 곳에서 뵙게 되다니, 이거 보통 인연이 아닌 듯합니다."

"···우연인 건가요?"

"우연이 아니라 인연인 듯 하오만?"

"인연이란 본디 사람의 소관이 아니라 하였습니다. 제게 별다른 볼일이 없다면 이만 가던 길을 마저 떠나시지요."

"하하, 이거 수하들 보는 앞에서 너무 심하게 면박을 주시는군요."

"그럴 의도는 없었습니다."

"뭐, 괜찮습니다. 숭인학관의 목극연 대학사께서 돌아가신 후 목연 소저도 꽤 힘이 드셨겠지요."

"걱정해 주셔서 감사합니다."

"그래서 말인데, 이참에 내게 시집이나 오는 게 어떻겠습니까? 본래 우리 유현장과 숭인학관은 선대로부터 꽤나 사이가 돈독했으니 말입니다."

"고마운 제안이나 유정상 공자님은 이미 부인이 계신 걸로 압니다만?"

"하하, 대장부가 3처4첩을 얻는 건 본래 당연한 일이지 않습니까? 목연 소저가 내게 시집온다면 당장 첫 번째 부인 자리를 비우도록 하겠소이다."

"곤란한 말씀이군요. 오늘 하신 말은 듣지 않은 것으로 하겠습니다."

"왜요?"

유정상이 전혀 이해하지 못하겠다는 표정과 함께 주변을 둘러봤다.

자신이 데리고 온 두 명의 호위무사에게 무언의 동의라도 구하고 있는 것 같다.

그러자 두 명의 호위무사 가운데서 다리가 길고 능글맞은 인상의 독안 무사가 징그러운 웃음과 함께 말했다.

"둘째 공자님, 어찌 그 같은 도리를 모르시는 겁니까?"

"내가 뭘 모른다는 거지?"

"여인이란 본래 튕겨야 제 맛이란 말이 있습니다."

"그럼 목 소저가 지금 일부러 내 제안을 거절해서 자신의 값을 높이려 한다는 거로군?"

"제가 보기엔 분명 그렇습니다."

"흐음, 그렇군! 그래!"

자못 심각한 표정으로 고개를 몇 차례 끄덕여 보인 유정상이 독안 무사에게 말했다.

"그럼 이럴 땐 내가 어찌해야 하는 건가?"

"두 가지 방법이 있습니다."

"말해보게."

"첫째로는 목 소저에게 적당히 장단을 맞춰주는 겁니다. 튕기면 튕기는 대로 귀엽게 여기며 온갖 패물을 갖다 바치고 목을 매다는 것이지요."

"호구가 되라는 거로군. 두 번째는 뭔가?"

"두 번째는 이미 두 분의 마음이 통했으니 귀찮은 예의범절을 물리치고 오늘 당장 동방화촉을 밝히고 합방을 하시는 겁니다."

"그건 목 소저에게 너무 예의를 차리지 않는 게 아닐까?"

"그렇다기보다는 성현의 방법을 따르는 것입지요."

"성현의 방법?"

"이놈이 듣기로 공자님의 부친은 칠순이 넘은 나이로 10여 세밖에 되지 않은 모친과 야합(野合)을 통해 태어나셨지 않습니까? 두 분은 모두 당당한 명문세가의 자제분들이시니 오늘 합방하시면 분명 공자님과 같은 성현을 얻으실 수 있을 겁니다."

그때 온몸에 근육이 우락부락한 사십 대 초반의 털북숭이 무사가 참지 못하고 크게 웃었다.

"크하하핫! 맞습니다! 나철 대형의 말대로 둘째 공자님은 더 이상 망설이지 마십시오!"

"곡 아우도 내 생각에 동의하는군?"

"물론입니다. 저 곡무생도 그렇게 마누라를 얻었으니까요."

"그럼 제수씨를 들판에서……."

"뭐 비슷합니다. 다음 날 봇짐을 싸가지고 제 방에 찾아오더군요."

"흐흐, 곡 아우도 제법이로군! 아주 제법이야!"

곡무생과 나철이 서로를 바라보며 음충맞게 웃어댔다.

대낮임에도 마치 주점이나 기루에서 술에 흠뻑 취한 것 같은 표정들이다.

힐끔거리며 목연을 바라보는 눈에는 어느새 핏발까지 서 있었다.

그러자 목연이 아랫입술을 살짝 깨물었다.

백설같이 하얀 얼굴 역시 조금쯤 붉어졌다.

대놓고 희롱을 당하자 처녀로서 견디기 어려웠으리라.

"세 분의 농이 지나치시군요. 저는 이만 물러가 보도록 하지요."

"어허, 어딜 그리 급히 가시려고!"

"둘째 공자님께서는 아직 볼일이 끝나지 않으셨소이다!"

곡무생과 나철이 언제 회회덕거렸냐는 듯 기민하게 목연을 앞뒤로 에워쌌다.

은연중 압박을 가해서 그녀가 움직이지 못하게 한 것이나.

"이게 무슨 짓인가요?"

목연이 곡무생과 나철은 아랑곳하지 않고 유정상을 바라봤다. 그에게 해명을 요구한 것이다.

"어허, 목 소저한테 무례를 범해서야 되겠는가!"

"둘째 공자님……."

"물러들 나게."

"…예."

잇단 유정상의 말에 곡무생과 나철이 물러섰다. 얼굴에 여전히 희롱기가 남아 있는 게 처음부터 유정상과 짜고 벌이는 상황임을 누구든 알 듯 싶었다.

그러나 목연은 전혀 개의치 않았다.

그녀는 마치 자신이 처한 상황을 전혀 모르는 것처럼 평온한 표정으로 유정상에게 살짝 고개를 숙여 보이고 말했다.

"유정상 공자님은 정말 저와 혼인하고 싶으신 건가요?"

"물론입니다. 목 소저가 허락만 해주신다면 당장 매파(媒婆)를 숭인학관에 보내겠소이다."

"그러실 필요 없습니다. 오늘 제 질문에 대답을 해주신다면 유정상 공자님의 제안을 고려해 보겠습니다."

"어떤 질문을 하시려는 것인지⋯⋯."

"유정상 공자님께 묻겠습니다. 입지(立志)란 무엇인지요?"

"입지?"

"예, 유정상 공자님께서 생각하는 입지에 대해 제게 답해주세요."

유정상이 잠시 이맛살을 찌푸려 보였다.

그가 속한 유현장과 목연의 숭인학관은 인근에서 꽤 오랫동안 학문으로 유명했다.

특히 숭인학관의 명성은 당대에 들어 최절정에 이르러 그동안 수십 명이 넘는 진사와 생원을 배출했고, 전시 출신도 세 명이나 되었다.

이는 모두 목연의 부친인 대학사 목극연의 덕분인데, 그는 과거 대과의 차석인 방안까지 한 바 있는 천재 학사였다.

당연히 유현장이 숭인학관에 느끼는 열등감은 대단했다.

무수히 많은 유학생들이 숭인학관으로 몰려드는 걸 손가락만 빨며 지켜봐야 했기 때문이다.

갑자기 숭인학관에게 뒤로 밀려 버린 상황을 받아들이기 쉽지 않았음은 물론이었다.

그러다 기회가 왔다.

이른 나이에 정계에서 은퇴한 대학사 목극연이 갑자기 병이 들어 급사한 후 숭인학관의 명성은 뿌리부터 흔들리기 시작했다.

주요 학사들이 다른 곳으로 빠져나갔고, 사업들 역시 기울어졌다.

목극연과 같은 병이 걸린 목연의 모친 때문에 약값이 상상을 초월할 만큼 많이 들어갔기 때문이다.

'흥! 그래서 근래엔 학원생이 고작 대여섯 명밖에 안 남은 걸로 아는데, 감히 내게 질문질을 하다니! 얼굴이 반반해 첩 정도는 삼아주려 했더니, 정말 주제파악을 하지 못하는 계집이로구나!'

내심 코웃음을 친 유정상이 짐짓 고심하는 척하다 말했다.

"입지란 의지를 가리키는 말입니다. 도덕적, 학문적 성취를 위해 선결되어야 할 것이라 할 수 있을 것입니다. 〈논어〉 위정(爲政) 편에 공자께서 이르시길 '15세에 학문에 뜻을 두었다'고 하시며 중시한 이래, 〈맹자〉, 〈진심상〉, 〈예기〉, 〈학기〉 등에서도 입지의 중요성을 강조하였지요."

"그럼 기필지의(期必之意)는 어찌 생각하시는지요?"

"흠, 지(志)에는 기필의 뜻이 있소이다. 즉 반드시 이루고 말겠다는 뜻을 가지고 있어야만 하는 겁니다. 그렇지 않다면 세속의 흐름에 휩쓸려 용렬한 잡배에 지나지 않는다고 할 수 있을 것입니다."

"바로 그렇습니다. 고명정대(高明正大)라, 입지는 높고, 밝고, 바르고, 커야 합니다. 대부분의 사람들은 아름다운 바탕을 지녀 순수하고, 고요하고, 담박하여 도(道)에 가깝지만, 비루한 곳에

처하려 하여 도에 뜻을 두지 않는 것은 뜻을 세우지 못하기 때문입니다."

"……."

유정상이 목연과 문답을 나누다 안색이 차갑게 식었다.

그녀가 어째서 자신에게 입지에 대해 말하라 하고, 문답을 진행했는지 깨달았기 때문이다.

'이년이 내가 용렬한 잡배처럼 자신을 농락한다면 입지조차 세우지 못한 소인배나 다름없다고 돌려서 욕하고 있구나!'

사실 그럴 작정이었다.

오늘 그는 아예 작심을 하고 호위무사까지 대동하고 목연의 뒤를 따라왔다.

하지만 목연에게 가르침을 받듯 욕을 먹자 기분이 나빠졌다.

마치 부친이나 글 스승에게 꾸짖음을 들은 것 같았다.

"당장 이년, 조용히 만들어!"

두 사람의 심도 깊은 문답에 멍청한 표정을 짓고 있던 곡무생과 나철의 표정이 환해졌다.

이런 식으로 나와야 자신들과 죽이 잘 맞는 유현장의 망나니 이공자이지 않겠는가.

"크헤헷!"

"우헤헤헷!"

곡무생과 나철이 비열한 웃음을 터뜨리며 목연에게 달려들었다.

슥! 스슥!

그들 중 한 명은 목연의 어깨를 잡아채어 갔고, 다른 한 명은 허리를 때려서 바닥에 엎어뜨리려 했다.

그런 후 입에 헝겊 뭉치를 물리면 완벽하게 일이 끝난다.

그동안 유정상을 따라다니며 꽤 여러 번 일을 벌여본 터라 손발이 착착 맞는다.

한데 갑자기 이상한 일이 벌어졌다.

픽! 픽!

느닷없이 터져 나온 기묘한 소음과 함께 곡무생과 나철이 동시에 바닥에 나뒹굴었다.

목표로 했던 목연을 바로 코앞에 둔 채 병든 닭처럼 쓰러져 버린 것이다.

"으악! 으아악!"

어깨가 탈구되어 반대편으로 돌아간 곡무생은 연신 비명을 터뜨렸다.

"끄륵! 끄르르르!"

나철은 허리에 손을 갖다 댄 채 입에 게거품을 물고 있었다.

두 사람 모두 목연에게 가하려 했던 짓을 곱빼기로 돌려받은 것 같은 모양새다.

유정상이 놀라 두 사람에게 소리쳤다.

"뭣들 하는 거야?"

나철보다 상황이 조금 나은 곡무생이 고통으로 땀을 뻘뻘 흘리며 말했다.

"두, 둘째 공자님 엄청난 고수가 나타났습니다! 어서 엎드려서 용서를 비십시오!"

"어, 엄청난 고수?"

"헉! 헉! 예, 저희들로선 감당할 수 없는 무공의 고수입니다. 그러니까……."

"빌어먹을!"

곡무생의 말이 채 끝나기도 전에 욕설을 내뱉은 유정상이 얼른 몸을 돌려 달아났다.

목연은 물론 호위무사인 곡무생과 나철조차 아랑곳하지 않았다.

그냥 제 한 몸만 살겠다고 꽁무니를 뺀 것이다.

"…저, 저런 개자식을 봤나!"

곡무생이 욕설과 함께 바닥에서 일어서려다 도로 쓰러졌다.

단순히 어깨만 탈구된 게 아닌 듯 고통이 극심했다.

내공을 일으켰음에도 점점 고통이 심해져서 조금도 움직이지 못할 것 같았다.

그때 목연이 그에게 다가왔다.

지독한 고통으로 눈이 절반쯤 뒤집힌 나철의 상태를 먼저 살피더니, 환약 한 알을 먹이고 곡무생에게 말을 걸었다.

"곡 무사님, 고통이 심각한가요?"

"저, 저는……."

"일단 제가 침을 몇 군데 놓아드리겠어요. 고통을 조금쯤은 완화시켜 줄 거예요."

"고, 고맙습니다."

곡무생이 고통을 완화시켜 준다는 말에 덮어놓고 감사를 표했다.

일단 이 지독한 고통에서 벗어나는 게 급했다.

창피하다거나 부끄러운 감정 따윈 떠오를 여지조차 없었다.

그러자 목연이 품에서 침통을 꺼내 은침 몇 개를 곡무생에게 찌르고, 상태를 살피다 예의 환약을 먹였다.

第四章

북궁세가의 북궁창성!

'흠! 일종의 수면제로군. 고통이 너무 심하면 죽을 수도 있으니까 일단 재우려는 거야. 하지만 자신을 겁탈하려 했던 자들을 치료해 주다니, 정말 바보 같은 여자로군. 설마 숭인학관에는 저런 사람만 있는 건 아니겠지?'

목연을 위기에서 구한 건 이현이었다.

그는 바위 뒤에 숨어서 유정상을 꾸짖는 목연의 모습을 지켜보다 바로 손을 썼다.

무공을 익힌 호위무사를 둘씩이나 데리고 인적이 드문 곳까지 따라온 자였다.

몇 마디 성현의 말씀만으로 마음을 고쳐먹게 할 수 있을 리 만무했다.

특히 두 호위무사의 움직임이 아주 딱 맞아떨어졌다.

한두 번 이런 짓을 해본 솜씨가 아니었다.

본래 바로 뛰어나가서 확실하게 유정상과 그의 호위무사를 박살내려 했으나 목연의 정체를 알고 마음을 바꿨다.

숭인학관과 관련이 있는 그녀에게 자신이 무림인이란 사실을 들키고 싶지 않았기 때문이다.

그런데 부상당한 두 호위무사에게 다가가 치료를 해주는 모습을 보게 될 줄이야!

목연의 예상치 못했던 행동에 이현은 내심 고개를 흔들었다.

잠시 의혹이 일었다.

목연이 자신의 도움이 없어도 될 정도의 숨은 고수일지 모른다는 생각이 들었던 것이다.

그렇진 않았다.

잠시 후 두 호위무사가 수면제를 먹고 의식을 잃자 목연이 대바구니를 챙기고 그들의 곁을 떠나갔다.

태연해 보이는 얼굴과 달리 작은 몸이 조금씩 떨리는 게 꽤나 놀란 듯싶다.

'역시 그런 건가.'

그제야 의심이 풀린 이현이 목연에게서 시선을 떼어내고, 천천히 신형을 돌려 세웠다.

슬슬 도망간 유정상을 붙잡으러 가야 될 시간이었다.

그와 같은 자!

절대 그냥 놔둘 수 없었다.

제대로 붙잡아서 확실히 조져놔야 될 터였다.

그래야만 다시는 똑같은 짓을 벌이지 못할 테니까 말이다.

슥!

이현이 바람으로 변했다.

 * 　　　　 * 　　　　 *

퍽!

헐떡이며 산길을 내달리던 유정상이 앞으로 고꾸라졌다.

어느새 그의 뒤를 바짝 따라붙은 이현이 살짝 발을 걸어버렸기 때문이다.

그것만으로 끝일 리 없다.

슥!

곧바로 살짝 뛰어오른 이현이 유정상의 몸 위로 떨어져 내렸다.

그리고 쪼그려 앉는다.

무게중심을 확실하게 유정상의 척추에 실어서 말이다.

"쿠억!"

"그러게 좀 잘 도망가지 그랬어?"

"으으, 누, 누구……."

"그런 건 알 것 없고."

"…쿠어어억!"

"괴롭지? 괴롭나? 그러게 왜 그런 짓을 했어? 하는 짓이 능숙한 걸 보니, 평소에 한두 번 해본 솜씨가 아닌 것 같은데?"

"끄륵! 끄르륵!"

유정상의 입에서 숨넘어가는 소리가 흘러나왔다.

쪼그려 앉은 이현이 천근추를 이용해 점차 자신의 무게를 늘려가고 있었다.

자연스럽게 그의 몸을 땅속으로 깊숙이 파묻히게 만들고 있는 것이다.

당연히 무공을 전혀 익히지 못한 그로선 죽을 지경!

어느새 그는 숨결이 약해지기 시작했다.

버둥거릴 힘조차 남지 않았다.

그 시점에서 이현은 고민에 빠졌다.

'그냥 이대로 죽여 버리기엔 좀 아쉬운데 어쩐다?'

그렇다.

딱히 정파인답게 민간인에 대한 생명존중사상을 떠올린 게 아니었다.

그런 것에 연연했다면 애초에 마검협이란 무명을 얻었을 리 만무하다.

그는 유정상이 한 짓에 비해 너무 쉽게 죽이는 것이 마음에 들지 않았다.

좀 더 삶을 연장시키고 죄의 대가를 확실하게 치르게 만들고 싶었다.

그래서 이현은 일단 유정상을 살려주기로 했다.

슥!

유정상을 짓누르고 있던 천근추의 신공을 푼 이현이 발끝에 다른 기운을 운집했다.

그리고 빠르게 유정상의 전신혈맥을 걷어찬다.

파팍!

파파파파팍!

"쿠어어억!"

유정상이 언제 의식을 잃었냐는 듯 있는 힘껏 비명을 터뜨렸다.

이현에 의해 거의 절반 이상 막혀 버렸던 기혈이 강제로 틔어지며 강제적으로 죽음으로부터 귀환한 것이다.

"살아났군. 그런데 눈을 안 뜨네? 설마 죽은 척하고서 그냥 넘어가려는 건 아닐 테지?"

"······."

"으음, 그럼 곤란한데. 어차피 이렇게 된 거 그냥 죽여 버린 후 사지를 잘라서 산에 흩뿌려 버릴까?"

"······."

"뭐, 그럼 산짐승들이 알아서 사체를 처리할 테고, 나는 가던 길을 마저 떠나면 될 테니까······."

"깨어났습니다! 깨어났어요!"

언제 눈을 꽉 감고서 미동조차 하지 않으려 했냐는 듯 유정상이 소리를 지르며 벌떡 일어섰다.

여전히 새파랗게 질린 얼굴!

딱 방금 전 귀신을 본 사람 같다.

하긴 무리도 아니겠다.

방금 전에 진짜 지옥유부의 명부(冥府) 앞까지 갔다고 돌아왔으니 말이다.

그러나 이현은 내심 고개를 가로저었다.

'부족해! 아직 부족해!'

악당!

저질!

인성 쓰레기!

이런 자들에 대한 이현의 태도는 단호했다. 정의의 사도이기 때문이 아니다.

그냥 싫었다. 생리적으로 그냥 놔둘 수가 없었다.

하물며 이번에는 한 끼 고기의 빚까지 얹어졌다.

그냥 끝낼 수 없는 건 당연했다.

"네게는 두 가지 길이 있다."

"……."

"하나는 다시는 오늘과 같은 일을 생리적으로 저지를 수 없는 몸이 되는 거. 그리고 다른 하나는 그냥 내 손에 죽는 거."

"……."

"어떤 걸 선택할래?"

"……."

"빨리 대답해! 대답이 없으면 내 마음대로 동전을 던져서 결정할 테니까!"

이현의 다분히 협박이 담긴 말에 유정상이 덜덜 떨면서 말했다.

"저, 저기 선생님. 새, 생리적으로 오늘 같은 짓을 할 수 없게 만든다는 건 뭘 말씀하시는 건지요?"

"정확한 상황파악을 하고 선택하겠다는 거로군? 역시 배운 사람답게 좋은 자세야."

빙글거리며 몇 차례 고개를 끄덕여 보인 이현이 말했다.

"거세!"

"예?"

"돼지처럼 네 바지를 깐 후에 거시기를 잘라 버린다고. 그러면 생리적으로 확실한 해결책이 되는 거지."

"선생님! 저는 삼대독자입니다!"

"둘째라며?"

"…아직, 가정도 이루지 못했습니다!"

"아내도 있다고 했던 것 같은데?"

"……."

"역시 첫 번째 방법은 좀 그렇지? 우리 사내답게 두 번째로 가자!"

"억!"

유정상이 다시 숨넘어가는 비명을 터뜨렸다.

단지 그뿐이었다. 그가 할 수 있는 일은 말이다.

쫘악!

순간적으로 유정상의 뒷덜미를 낚아챈 이현이 바람으로 변했다. 그를 데리고 주변에 있는 산 위의 천 길 낭떠러지를 향해 뛰어오르기 시작한 것이다.

"으아아아아아악!"

"그래, 맘껏 소리 질러. 죽기 전에 하고 싶은 건 다 하고 가야지."

"선생님! 살려주세요! 살려주세요!"

"그럼 고자가 될래?"

"그, 그건……."

"그럼 이대로 떨어져서 피떡이 되든가."

"…으악! 으아아악!"

유정상이 다시 비명을 터뜨렸다. 이현의 손에 발을 붙잡힌 채 절벽 끝에서 데롱데롱 흔들리는 상황을 견디기 어려웠던 것이다.

극도의 공포에 의식이 완전히 붕괴되어 버린 듯하다.

이현은 개의치 않았다.

그는 다시 유정상을 흔들었다. 그에게서 원하는 대답을 받아낼 때까지 절대 그만두지 않을 심산이었다.

그리고 잠시 후.

"고자가 되겠습니다! 고자가 되었어요!"

"좋아."

자신이 원하는 대답을 확실히 받아낸 이현이 히죽 웃어보였다.

목연에게 진 고기값, 이로써 확실히 갚게 되었다.

굳이 그녀는 갚으란 요청을 하지 않았지만 말이다.

＊　　　　　＊　　　　　＊

숭인학관.

— 인간을 이롭게 하는 것이야말로 학문을 익히는 자의 첫걸음일지니!

고색창연한 고택.

크기에 비해 낡고 여기저기 수리할 곳이 많아 보이는 오래된 학관 앞에서 이현은 잠시 서성거렸다.

현판의 밑에 적혀 있는 주석에서 잠시 부친 이정명의 향기를 느꼈기 때문이다.

'뭐, 역시 아버님과 동문수학한 분과 관계된 학관답다고 봐야 하는 거겠지. 근데, 왜 이렇게 한산해? 목극연 대학사님이 돌아가셔서 그런 건가?'

고모 이숙향에게 들은 바, 숭인학관은 대학사 목극연을 배출하기 전부터 무척 큰 학관이었다.

중원 각처에서 모여든 학생들의 숫자만 수백 명에 그들을 교육하는 학사 역시 십여 명이 넘는 곳이라 들었다.

한데, 이현이 일으킨 기감이 확인한 숭인학관의 인원은 정말 단출했다.

웬만한 장원 크기인 학관 안에서 느껴지는 인원이 고작 십수 명에 불과한 것이다.

망한 분위기!

이현의 가문인 이가장과 비교해 더 나을 것도 없어 보인다. 잘못 찾아왔다는 생각이 아주 강하게 들었다.

그런 이유로 머뭇거리던 이현의 눈에 이채가 어렸다.

숭인학관 안쪽에서 걸어 나오던 목연을 발견했기 때문이다.

"소공자는······."

"이가장의 이현이오."

"…이가장이라면? 아!"

목연이 나직이 탄성을 발했다. 부친 목극연이 생전에 동문수학했던 친우 이정명에 대한 얘기를 들은 적이 있었다. 남에겐 말하기 부끄러운 농담과 함께 말이다.

"소녀는 목연이라 합니다. 아버님께 이 학사님에 대한 얘기는 익히 들어 알고 있었습니다. 아버님과 이 학사님은 함께 동문수학하셨다지요?"

"그렇소. 그래서 말인데, 목 학사님을 뵙고 인사올리고 싶으니 사당으로 안내해 주시지 않겠소?"

"예."

목연이 정중하게 허리를 숙여 보이고 이현을 안내했다.

그가 뒤늦게 부친 목극연의 죽음을 알고 이가장에서 조문 온 것이라 여긴 것이다.

잠시 후.

목극연의 위패가 모셔진 사당에서 참배를 끝낸 이현이 그때까지 뒤에 서 있던 목연에게 다가가 말했다.

"목 소저, 외람되나 단도직입적으로 묻겠소."

"말씀하시지요."

"현재 숭인학관은 여전히 학생들을 받고 있는 것이오?"

"물론입니다. 예전에 비해 학생 수가 많이 줄긴 했으나 여전히 숭인학관은 공맹의 도리를 따르고 있습니다."

"그거 잘됐구려. 그럼 현재 이곳을 책임지고 있는 학사님께 안내해 주시오."

"어찌 그러시는지 물어도 될까요?"

"그야 당연히 입학 때문이 아니겠소?"

"입학이요?"

"그렇소. 오늘부로 나, 이현은 숭인학관에 입학할 생각이오. 다가오는 내년 과거시험을 위해서 말이오."

"……"

목연이 이현을 물끄러미 바라봤다.

실로 오랜만의 입학 희망자!

숭인학관의 살림을 맡고 있는 고흥 할멈이 들으면 환호성을 터뜨리며 맨발로 뛰쳐나올 법한 일이다.

학생이 입학한다는 건 일단 상당한 기간 동안 꾸준히 학비를 받을 수 있다는 뜻이니 말이다.

그러나 목연은 한 가지 걸리는 점이 있었다.

'과거 시험을 준비한다……'

깊은 대화를 나눠보진 않았으나 그녀가 보기에 이현은 문약한 서생, 그 자체였다.

평생 밖에서 땀 한 방울 흘려보지 않은 대가댁 도련님같이 하얀 피부에 천진난만한 얼굴을 하고 있는 것이다.

게다가 부친 목극연과 인연이 깊은 이가장 출신!

굳이 대과를 준비하기 위해 숭인학관을 찾아왔다는 것에 걱정이 앞섰다.

자칫 이현의 앞날을 망칠수도 있다는 생각이 들었기 때문이다.

'그러니 일단 시험을 해보고 입학 여부를 결정하는 게 옳을

것이다. 눈앞의 소공자는 자존심이 강해 보이니, 북궁 공자에게 부탁해야겠구나.'

남녀칠세부동석이나 남녀유별 따위를 신경 쓴 건 아니다.

그냥 이현에 대한 배려였다.

그의 자존심을 해치지 않고 학문의 성취를 확인하기 위해서 목연은 잠시 물러나 있기로 했다. 부친 목극연이 죽은 후 그녀의 학문적 성취를 못마땅해 하거나 인정하지 않으려는 남자들을 그동안 많이 경험한 바 있었기 때문이다.

반면 이현은 내심 딴마음을 품고 있었다.

'목 학사님이 돌아가신 건 안된 일이지만, 이 상황은 나에게 다행이라 할 수 있다. 눈앞의 예쁜 소저가 해주는 고기를 먹으며 숭인학관에서 내년 대과까지 시간을 보낼 수 있게 되었으니 말야. 뭐, 처음부터 철썩 시험에 붙을 거라곤 고모님도 기대하지 않으셨을 테니, 적당히 농땡이를 쳐도 딱히 내게 뭐라 하진 않으실 테지.'

본래부터 글공부에 전혀 마음이 없던 그이다.

아버님의 달라진 모습에 마음이 격동되었을 때 고모 이숙향의 기습을 받아 억지약속을 하긴 했으나 며칠 지나지 않아 후회하게 되었다.

애초부터 글공부가 하기 싫어서 이가장에서 가출까지 했는데, 다 늦어서 만학도가 된다한들 대과 급제에 가능성이 있을 리 만무했다.

그래서 그는 목극연의 위패에 절을 하는 동안 한 가지 계획을 세우게 되었다.

적당히 숭인학관에 유학하면서 내년에 있을 대과 대신 운검진 인과의 대결 준비에 집중하기로 말이다.

　실로 절묘한 한 수!

　신통 방대한 능력을 지닌 고모 이숙향조차 예상치 못했을 한 수다!

　그때 그 같은 이현의 내심을 알 리 없는 목연이 생각의 정리가 끝나자 담담하게 말했다.

　"소공자, 일단 절 따라오시지요. 쉴 곳을 마련해 드리겠습니다."

　"학사님께 안내해 주시지 않는 것이오?"

　"북궁 학사님은 잠시 출타중이십니다. 그러니 그분이 돌아오실 때까지 객청에서 쉬시지요."

　"알겠소. 그런데……."

　"예?"

　"…목 소저, 혹시 낮에 줬던 만두 같은 거 남았으면 좀 내주실 수 있겠소?"

　"그러고 보니 먼 길을 오시느라 시장하시겠군요. 제가 객청에 안내한 후에 다과라도 챙겨오겠습니다."

　"다과보다는 고기가 든 먹을 것을 주시면 좋겠는데……."

　"주방에 남은 게 있는지 찾아보겠습니다."

　"…하하, 고맙소!"

　이현이 목연을 향해 어느 때보다 밝게 웃어 보였다.

　그가 숭인학관에 남기로 한 이유가 한 가지 더 있음을 알게 해주는 대목이었다.

*　　　　　*　　　　　*

부웅! 붕!

목도(木刀)는 힘차게 허공을 갈랐다.

예기?

날카로운 기운이 목도의 움직임에 담겨 있다. 그냥 평범하게 허공만을 가른 게 아니란 뜻.

그렇다.

목도는 곧 변화를 일으키기 시작했다.

하나. 둘. 셋…… 그리고 열여덟!

그냥 허공을 가른 것 같던 목도가 연달아 기묘한 변화를 일으켰다. 위로 올라갔다, 아래로 떨어지고, 다시 종횡의 움직임을 빠르게 만들어냈다.

절초!

무학, 그중에서도 도법에 조예가 있는 자라면 눈이 번쩍 뜨일 만한 변화다. 그만큼 굉장한 초식을 목도가 그려내고 있었다.

별다른 내력을 담아내지도 못한 채 말이다.

이상한 일이다.

이해가 가지 않는 일이었다.

이만한 절초!

보통 천하에 명성이 드높은 명문에서도 비인무전(非人不傳)의 원칙을 철저하게 지킨다.

함부로 전수되지 않고, 함부로 펼쳐내지 않는 게 기본이었다.

당연히 연습 또한 은밀해야만 한다.

이렇게 별다른 내력조차 담지 않고, 쉽사리 파악되는 변화를 밖으로 내보여선 안 되는 것이다.

지금 이 자리에 무학의 고수가 있다면 그리 어렵지 않게 목도가 만들어낸 변화의 핵심을 꿰뚫어 봤을 것이기에.

"쿨럭!"

이유는 곧 밝혀졌다.

목도의 주인.

방금 전까지 주변의 대기를 목영(木影)으로 가득 물들이고 있던 창백한 얼굴의 미소년이 격렬한 기침을 터뜨렸다. 한차례 기침을 터뜨리자마자 수중의 목검을 내던지고, 연신 상반신 전체를 들썩거렸다.

폐부 깊숙한 곳으로부터 치밀어 오른 고통이 그의 온몸을 폭풍처럼 휘몰아치고 있었다.

그렇게 얼마나 지났을까?

가까스로 고통의 폭풍이 잦아들기 시작하자 미소년이 소매로 입가를 훔쳤다.

그새 각혈까지 했던가.

피가 묻어나온다.

그러나 미소년은 개의치 않았다. 이런 일은 그에게 일상다반사였기 때문이다.

"…역시 창파도법의 풍랑벽해는 힘들구나. 오늘은 어떻게 하든 변화만큼은 끝까지 완성시키고 싶었거늘."

창파도법!

풍랑벽해!

놀라운 이름이 미소년의 입에서 흘러나왔다. 당금 천하제일세가라 할 수 있는 서패 북궁세가와 관련된 것들이기 때문이다.

산동성 제남의 동패 산동악가!
섬서성 서안의 서패 북궁세가!
호남성 장사의 남패 무적곽가!
산서성 태원의 북패 신창양가!

70여 년 전 발호했던 대마세, 구마련이 멸망한 후 오랫동안 무림을 위진했던 대명이다.

천 년 이상 무림에 군림할 거라 여겨졌던 네 개의 가문을 뜻하는 말이기도 하다.

하나 그 후 구마련의 후신으로 여겨지는 대종교의 난이 벌어졌고, 사패의 짧은 영화는 끝을 맺었다.

화산파의 당금 천하제일인 운검진인!

그의 제자이자 서패 북궁세가 최강의 고수 천하제일도 북궁휘!

두 사제는 함께 손을 합쳐서 대종교의 난을 제압했다. 무림의 역사상 거의 유래를 찾기 힘들 정도의 대활약을 벌인 것이다. 그렇게 무림의 판도는 완전히 재편되어 버렸다.

그 결과, 화산파는 정파 전통의 강자인 구대문파 수좌의 위치를 점했다.

오랫동안 유지되었던 구대문파의 순위에 천지개벽할 정도의 변화가 일어났음은 물론이다.

천하사패의 한 축이었던 천하제일도 북궁휘의 가문 북궁세가 역시 마찬가지의 변화를 맞이했다.

다른 삼패가 대종교의 난에 큰 타격을 입고 가라앉은 사이, 북궁세가는 북궁휘를 중심으로 욱일승천했다.

수십 년의 세월을 군림하며 당대에 당당한 천하제일세가가 된 것이다.

그렇게 당대 천하 무림은 화산파와 북궁세가에게 넘어왔다. 천하의 무림인 모두가 인정하게 되었다.

화산파와 같은 섬서성에 위치한 또다른 구대문파 소속의 종남파나 다른 삼패의 가문들 입장에서는 뒷맛이 씁쓸하게 말이다. 그러한 나날이 계속되고 있었다.

창파도법!

바로 북궁세가의 비전 도법이었다.

북궁세가의 태상가주가 된 천하제일도 북궁휘에 의해 천하제일도법으로 공인받은 천하절학이었다.

당연히 이 절세의 도법을 알고 있는 자는 북궁세가의 직계 혈족뿐이었다. 그 외의 사람이 단 하나의 변화라도 안다면 당장 북궁세가의 추살대에게 목숨을 내놔야만 할 터였다.

그러니 상황은 명확해진다.

여전히 목도를 손에 들고 있는 창백한 안색의 미소년.

바로 북궁세가의 혈족이었다.

그것도 방계가 아니라 창파도법을 전수받을 수 있을 정도의 직계혈족인 것이다.

하지만 여기서 다른 의문이 생긴다.

그에게서 펼쳐진 창파도법, 왠지 어설프다.

제대로 된 위력이 보이지 않는다. 전혀.

오히려 목도의 움직임은 힘겨움 그 자체였다. 절세의 도법이라 불리는 창파도법의 변화가 지루해 보일 지경이었다.

내공.

그게 문제다.

북궁세가의 혈족으로 보이는 미소년의 창파도법에는 한 점의 내공도 실려 있지 않았다. 그래서 변화 자체를 제대로 펼칠 수 없었던 것이리라.

그래서였을 것이다.

"쿨럭! 쿨럭! 쿨럭!"

미소년이 다시 기침을 터뜨렸다. 한동안 허리를 크게 꺾어가며 핏기 섞인 기침을 계속했다.

그러다 가쁜 숨을 고르며 굽혔던 허리를 바로 했다. 방금 전 끔찍한 기침과 피를 토해낸 것 치고, 창백한 얼굴은 태연했다. 이런 일을 한두 번 경험해 본 게 아니었기 때문이다.

'후우! 오늘은 여기까지만 해야겠구나. 슬슬 숭인학관으로 돌아가지 않으면 목연 소저께 혼이 날 테니까. 하지만 이런 식으로 언제 나는 창파도법을 완성할 수 있는 걸까? 아니, 그보다 천형의 절맥에 걸려서 내공 수련을 할 수 없는 나 북궁창성에게 그런 날이 오긴 올 것인지 모르겠구나!'

북궁창성!

1년 전 숭인학관에 유학을 온 북궁세가의 이공자였다.

현 가주 천풍신도왕(天風神刀王) 북궁인걸의 세 아들 중 둘째인 것이다.

그야말로 용의 아들!

하지만 하늘의 뜻은 가혹했다.

무심했다.

태어날 때부터 천형의 절맥을 나고난 북궁창성은 무가의 자제임에도 무공을 익힐 수 없었다. 어떠한 내공도 수련할 수 없는 병약한 몸으로 어린 시절을 보내야만 했다.

천하제일세가라 불리는 북궁세가에서는 계륵이나 다름없는 존재가 된 것이었다.

그나마 다행이랄까?

북궁창성은 글 쪽으로 엄청난 천재였다.

본래 머리가 명석한데다 어려서부터 병약해 줄곧 방을 떠나지 못했다.

할 수 있는 게 세가 내에 굴러다니던 책을 읽는 것밖에 없었다.

주변에 나름 학문에 정평이 난 자들도 많아서 쑥쑥 학문이 늘어나게 되었다.

그런 이유로 가주 북궁인걸은 어느 날 자신의 둘째 아들의 진로를 독단적으로 결정 내렸다.

학문에 재능을 보이는 북궁창성에게 아예 대과 준비를 시켜서 관계로 진출시킬 작정을 한 것이다.

하지만 이 결정에 당사자인 북궁창성의 의견은 전혀 반영되지 않았다. 글공부에 재능을 보이는 것과는 달리 그가 사실은 무학에 대한 엄청난 정열을 품고 있다는 점을 완전히 간과했다.

아예 가능성 자체를 무시해 버렸다.

그 점에 북궁창성은 분했다.

화가 났다.

그래서 그는 목도를 손에 쥐었다.

무학 쪽으론 어떠한 가능성도 없다고 결정내린 부친 북궁인걸과 세가 어른들에게 당당하게 소리치고 싶었기 때문이다.

당신들의 판단은 완전히 틀렸다고 말이다.

"후후, 하지만 창파도법의 수련이 이렇게 더뎌서야 언제 본가로 돌아갈 수 있을런지 모르겠구나……."

나직한 조소와 함께 북궁창성이 힘겨운 걸음으로 숭인학관으로 향했다.

저 멀리, 어느새 어둠이 내려앉고 있었다.

*　　　　　*　　　　　*

"으하암!"

이현은 팔베개를 하고 방바닥에 누운 채 늘어지게 하품을 했다.

눈가에 살짝 눈물도 맺혔다.

하품을 하다 보면 일상적으로 일어나는 일이긴 하다.

뒹굴! 뒹굴!

이현이 몸을 살짝살짝 꼬았다. 기가 막히게도 팔베개를 전혀 풀지 않고서 몸을 기괴하게 틀어 보이고 있었다. 마치 천축국에서 전래된 요가의 자세를 방불케 하는 모습이다.

그만큼 이현은 심심했다.

목연의 안내로 이곳 청풍채에 든 지 어느새 한 시진이 넘어가고 있었다. 마침 이 공부방의 주인 북궁창성이 출타를 한 상황이라 하릴없이 시간만 보내는 중이었다.

한데, 갑자기 변화가 일어났다.

슥!

이현이 요가 동작을 멈췄다.

순간적으로 그리했다.

그의 예민한 기감이 순간 수백 장 밖으로 도약했다. 현재 자신이 속해 있는 청풍채 밖으로 홀쩍 나가서 그곳을 향해 다가오는 한 사람의 발걸음에 주목했다.

'요상하군! 분명 무학을 익히지 않은 자의 움직임인데, 또 어떻게 보면 상승의 경지에 이른 고수와 닮은 것 같으니 말이야⋯⋯.'

호기심이 인다.

타고난 무학광인 이현으로선 그냥 넘길 수 없을 법한 일이다. 일단 확인해 봐야 할 터였다.

은밀하고 확실하게 무력을 동원해서 말이다.

힐끔.

그때 이현의 시선이 청풍채의 중심에 놓여 있는 책상을 향했다.

목연이 가져온 소반에 남아 있는 고기만두가 신경 쓰였기 때문이다.

겉으로 보기엔 멀쩡해 보이는 만두.

하지만 속이 비었다.

자신의 몫을 다 먹은 후 북궁창성을 기다리다가 다시 배가 고파져서 만두 속을 하나하나 파먹었기 때문이다. 겉의 만두피만 남겨 놓고서 그리했다.

'…뭐, 어차피 이곳으로 올 것 같으니까 일단 지켜보기로 할까?'

딱히 죄책감이 들어서는 아니다.

분명 그랬다.

그렇게 이현이 다시 뒹굴거리길 얼마나 했을까?

덜컥!

청풍채의 문이 열리고 북궁창성이 들어왔다. 숭인학관으로 돌아오는 도중 의관을 가다듬기는 했으나 창백한 안색은 여전한 상태였다.

뒹굴!

이현이 북궁창성 쪽으로 몸을 뒤집고, 책망하듯 말했다.

"너무 늦었잖아!"

"……."

북궁창성의 붓으로 그린 듯 미려한 검미가 가볍게 치켜 올라갔다. 자신의 공부방인 청풍채를 차지하고 있는 불청객에게 불쾌감을 느꼈기 때문이다.

그러나 그는 평상시 숭인학관이 자랑하는 모범생이었다.

북궁세가에서 그러했던 것 같이 말이다.

"귀하는 누구기에 내 공부방에 누워 있는 것이오?"

"여기가 네 공부방이라고?"

"그렇소. 이곳 청풍채는 내가 공부하고, 기거하는 장소이오."

"호오!"

이현이 나직한 탄성과 함께 새삼스럽다는 듯 북궁창성을 바라봤다.

목언에게 그는 숭인학관에서 교육을 맡고 있는 학사를 소개해 달라고 했다. 그에게 입학의 허락을 받아야만 숭인학관에 머물 수 있었기 때문이다.

'그런데 북궁 학사란 자가 이렇게 어린 애송이라니! 숭인학관에 학생이 갑자기 줄어든 이유를 알겠구먼. 그런데 그건 그렇고, 역시 이 애송이는 이상한데?'

내심 고개를 가로저어 보인 이현이 북궁창성에게 말했다.

"북궁 학사라고 했던가? 그런데 내가 궁금한 건 그냥 넘어가지 못해서 하는 말인데… 어째서 무학의 길을 걷는 자가 고리타분한 학사 따위가 된 거야?"

"……"

북궁창성의 잘생긴 얼굴이 딱딱하게 굳었다.

갑자기 머리를 망치로 한 대 얻어맞은 것 같다고나 할까?

그런 기분이었다.

첫 대면부터 불쾌감의 농도를 갈수록 끌어올리던 이현에게 느닷없이 기습을 당해 버렸다.

한데, 그때다.

슥!

그때까지도 팔베개하고 누운 자세를 풀지 않고 있던 이현이 갑자기 신형을 일으켜 세웠다.

"엇!"

그리고 북궁창성이 나직한 신음을 터뜨린 것과 동시에 그는 청풍채를 빠져나갔다. 한줄기 바람으로 변해 버린 것이다.

*　　　　　*　　　　　*

'응?'

'헉!'

평상시처럼 북궁창성이 청풍채로 무사히 들어간 걸 확인하고 돌아서던 잠영쌍위(潛影雙衛)가 동시에 석상처럼 굳어버렸다.

마혈의 점혈!

순식간에 당했다.

갑자기 불어온 한줄기 바람을 느끼자마자 마혈을 공격당해 몸이 완전히 마비되어 버린 것이다.

뿐만 아니다.

'끄응!'

'흐흑!'

잠영쌍위는 연이어 수혈 역시 점혈당해 깊은 잠속으로 빠져들었다. 누가 먼저랄 것도 없이 석상처럼 선 채로 의식의 끈을 놓아버리고 말았다.

천하제일세가로 군림하는 북궁세가!

그 위대한 이름을 오랫동안 지켜왔던 3대 무력부대 중 하나인 잠영은밀대의 일류무사 두 사람은 그렇게 제거되었다. 북궁창성의 비밀호위라는 임무를 전혀 수행하지 못하는 몸이 되어버린 것이다.

*   *   *

움찔!

청풍채의 문을 열고 다시 모습을 드러낸 이현을 북궁창성은 당황스러운 표정으로 바라봤다.

사람이 이렇게 달라 보일 수 있는가?

적어도 북궁창성에게는 그랬다.

"북궁세가의 창성이 미처 고인을 몰라뵈었습니다!"

"북궁세가? 설마 그 서패 북궁세가?"

"예."

"그럼 천풍신도왕과는 관계가 어찌 되지?"

"소생의 부친이십니다!"

북궁창성이 자부심 넘치는 표정으로 목소리를 높였다. 불가사의한 무학의 고수인 이현도 북궁세가와 부친 천풍신도왕 북궁인걸의 명성에는 놀란 것이라 생각했기 때문이다.

착각이었다.

'제길! 그럼 방금 전에 내가 건든 놈들은 북궁세가 무사들이겠

구먼. 그리고 이제 그놈들을 통해 화산파나 종남파에 내 소문이 전해지는 건 시간문제가 된 셈이고 말이야!'

북궁세가가 위치한 서안은 화산파와 종남파가 위치한 섬서성의 대도시였다. 본래 역사적으로 화산파와 매우 밀접한 관계가 있는 가문이라 이현으로선 신경이 쓰이지 않을 수 없었다.

1년 앞으로 다가온 비검비선대회!

종남파의 대표인 이현이 과거시험을 준비하기 위해 숭인학관에 입학했다는 소문이 나선 곤란했다. 종남파에서는 사형들이 단체로 추살대를 꾸려서 몰려올 판이고, 화산파의 운검진인에겐 한껏 비웃음을 당할 만한 일이라 할 수 있었다.

第五章

고칠 수 있으나 고치지 않겠다

'역시 입을 막아버려야 하나?'

이현이 살짝 흉험한 생각과 함께 북궁창성을 바라봤다. 얼마 전 자신을 의혹 속에 빠뜨렸던 그의 진면목을 파악하기 위함이었다.

아니다.

사실 그런 건 바로 파악이 끝났다.

청풍채.

그 안으로 북궁창성이 걸어 들어온 순간 이현의 의혹은 완전히 해소되었다.

기의 불순한 흐름.

그럼에도 일정한 보폭과 움직임의 운율.

더 볼 것도 없었다.

'에휴, 아무리 살펴봐도 이 녀석, 선천적으로 내공을 익힐 수 없는 질환을 타고났잖아. 그런데도 무학을 익힌 것 같은 착각이 들게 한 건 아마도 북궁세가 비전의 보신경인 유성삼전도이겠고 말이야. 그런데 아무리 유성삼전도가 초절정의 보신경이라 해도 내공도 없이 제대로 된 위력을 발휘할 수는 없을 텐데?'

이현이 내심 고개를 갸웃거렸다.

화산파에 비해 상대적으로 관심이 적을 뿐, 북궁세가 역시 이현이나 종남파에겐 신경 쓰이는 존재였다. 같은 섬서성에서 활동하는 이웃이자 강력한 맞수였기 때문이다.

그래서 이현은 과거 출종남천하마검행 당시 몰래 북궁세가에 들린 일이 있었다. 야밤에 몰래 담을 넘어 들어가 천풍신도왕 북궁인걸과 대결하기 위함이었다.

마검협 이현 대 천풍신도왕 북궁인걸!

세상에 전혀 알려지지 않은 건곤일척의 승부는 예상 밖으로 간단히 끝났다. 대결이 시작된 후 단 삼십 초 만에 북궁인걸이 스스로 패배를 인정하는 걸로 말이다.

하지만 이현에게 이 승부는 납득키 어려웠다.

북궁인걸이 펼친 북궁세가의 무공이 하나같이 미완성이었기 때문이다.

'쳇! 게다가 천풍신도왕은 당시 만성지독에 중독되어 있었다. 이미 자신의 무공 중 절반 이상은 사용할 수 없는 상태였으니, 내가 이겼다한들 명예로울 건 없는 셈이지… 아니, 잠깐만! 혹시

그런 건가?'

북궁세가의 유성삼전도에 대해 생각하다 북궁인걸에게 얻었던 씁쓸한 승리를 떠올린 이현의 눈에 이채가 어렸다. 문득 몇 초식을 나누지 않아 호흡이 가빠지던 북궁인걸의 변화와 눈앞에 있는 북궁창성의 잘생긴 얼굴이 겹쳐졌다. 그러자 불현듯 뇌리를 스쳐 가는 생각이 있었다.

툭!

이현이 북궁창성의 어깨를 가볍게 쳤다.

"헉!"

북궁창성이 헛바람을 들이켰다.

아팠다.

지독한 통증이 이현이 때린 어깨를 시작으로 순식간에 전신으로 확산되어 갔다. 갑자기 온몸을 망치로 두들겨 패서 뼈마디 하나하나가 부서지는 것 같은 충격과 고통을 함께 받았다고 보면 된다.

그래도 북궁창성은 이를 악물고 참았다.

목구멍까지 치솟아 오른 비명을 꿀꺽 삼켰다.

그러나 이현은 거기서 그치지 않았다.

툭! 투툭! 툭! 툭!

그의 손이 연달아 북궁창성의 다른 부위를 때렸다. 겉으로 보기엔 옷의 먼지라도 털어주는 것 같다. 딱 그렇게 보였다. 북궁창성의 온몸으로 내달리는 난마와 같은 진기의 폭주를 제외한다면 말이다.

"큭! 크으윽! 크으으으윽!"

비명 대신 나직한 신음을 토해내고 있는 북궁창성을 향해 이현이 말했다.

"그냥 비명을 질러. 억지로 참으면 오히려 참기 어려우니까."

"……."

"근성은 있다는 거로군."

"……."

어느새 신음조차 흘리지 않게 된 북궁창성을 이현은 잠시 지켜보고 있었다. 그의 변화를 살피며 자신의 판단이 옳았는지 가늠하기 위함이었다.

'과연 그렇구만.'

이현이 내심 고개를 끄덕였다.

변화.

어느 순간, 고통이 사라진 북궁창성의 변모된 모습이 그에게 확신을 갖게 했다. 자신의 예측대로 북궁창성이 타고난 절맥증이 부친 북궁인걸이 중독된 만성독약으로부터 기인했다는 것을 말이다.

'그래도 아직까지 내공을 연마하지 못할 뿐 생명에는 지장이 없는 걸 보면 천풍신도왕도 어느 정도 치료는 한 것 같구만. 하긴 북궁세가 정도 되는 곳에서 그동안 가주가 중독된 만성독약에 대한 대비책도 마련하지 않았을 리 없겠지. 그러니 이젠 어쩐다?'

이현은 잠시 고민에 빠졌다.

눈앞의 북궁창성.

태어날 때부터 천형의 절맥증을 타고 태어난 미소년.

우연인지 필연인지 모르겠지만 이현은 그의 절맥증을 고칠 수 있을 것 같았다. 몇 차례 그의 몸속에 내력을 주입해 확인해 본 결과 만성독약이 절맥증을 유발하는 기저를 파악했기 때문이다.

하지만 이곳은 대과를 준비하는 숭인학관.

북궁창성은 학사였다.

몸이 허약하고, 내공을 익히지 못할 뿐 특별히 생명에 지장을 주지 않는 절맥증을 군이 힘들게 고쳐줄 필요를 느끼지 못했다. 북궁세가와 관련된 모종의 음모와도 얽히기 싫었고 말이다.

'쳇! 게다가 북궁세가는 화산파와 친하니, 군이 내가 손을 쓸 필요는 없을 테지.'

종남파 출신의 심술이다.

화산파와 관련된 일에는 특히 심하게 발동하는.

그렇게 매우 사적인 기준으로 결론을 내린 이현이 손가락을 가볍게 튕겼다.

북궁창성의 몸 전체를 떠돌아다니고 있던 자신의 내력을 밖으로 배출시키기 위함이었다.

그러자 크게 몸을 떨기 시작한 북궁창성.

털썩!

그가 결국 바닥에 주저앉았다. 찰라간에 꽤나 많은 일을 당해 버렸다.

"푸헉!"

탁한 숨을 터뜨리며 정신을 차린 북궁창성이 잠시 혼란스러운 표정을 지어 보였다.

'이곳은 청풍채? 내게 무슨 일이 있었던……'

미간을 찡그린 채 염두를 굴리던 북궁창성의 눈이 커졌다. 그가 누운 바로 옆에 쪼그려 앉아 만두를 먹고 있는 이현을 뒤늦게 발견한 것이다.

"고인께서는……."

"이가장의 이현이야. 대과를 준비하러 숭인학관에 유학 왔으니까 앞으로 잘 부탁해."

"…대과를 준비하러 왔다고요?"

"응. 그래서 말인데, 목연 소저 말로는 네가 이곳에서 가장 학문이 뛰어난 학사라며? 과거는 어디까지 합격했어? 나이가 어리긴 하지만 최고의 학사라니 2차인 식년과는 통과했을 테고… 혹시 3차 대과 초시는 봤나?"

"뭔가 오해가 있으신 것 같습니다."

"역시 너무 내가 높게 잡았나? 뭐, 아직 약관도 되지 않은 것 같은데 2차 식년과를 통과한 것만도 대단하지. 그러면……."

"죄송합니다만, 소생은 아직 과거 시험에 응시하지 않았습니다!"

"…뭐?"

제멋대로 떠들어대던 이현이 눈살을 찌푸리며 입을 다물자 북궁창성이 한숨과 함께 말했다.

"목연 소저에게 무슨 말씀을 들으셨는진 모르겠으나 소생 역시 숭인학관에 유학 온 학생입니다. 대과를 볼 작정은 하고 있습니다만 아직 학사라 불리기엔 미약한 사람이라 할 수 있습니다."

"학생이라고?"

"예."

"그럼 설마 1차 시험도 통과하지 않은 거야?"

"예, 두 달 뒤에 있을 시험을 현재 목연 소저의 도움을 받아 준비하고 있습니다."

"목연 소저의 도움을 받는다고 했나?"

"예, 현재 숭인학관에 있는 학생들을 실질적으로 가르치고 있는 학사는 다름 아닌 목연 소저이십니다."

"……."

이현이 가볍게 고개를 끄덕여 보였다.

그제야 이해했다.

어째서 숭인학관에 학생의 숫자가 줄어들었는지를. 그리고 목연이 지닌 범상치 않은 품격을.

'흠! 그러니까 결국 목연 소저는 내 학문과 수학 능력에 의구심을 품고 북궁 애송이한테 보낸 거로구만. 요조숙녀 체면에 직접적으로 날 학문으로 면박을 줄 수 없어서 말이야.'

참 바보 같은 격식이다.

무림인의 사고로 보면 분명 그러했다.

하지만 이현은 이미 목연의 바보 같을 정도로 우직하고 이타적인 행동을 지켜본 바 있었다. 어찌 보면 지극히 그녀다운 행동이란 생각이 들었다.

"그런데 자네, 공부는 좀 하나?"

"학문에 어느 정도 재능은 있다고 생각합니다."

"잘됐군."

"예?"

"앞으로 부탁 좀 하도록 하지. 내가 본래 무공에만 뜻을 뒀다가 뒤늦게 다시 글공부를 시작했거든."

"그러시군요."

천천히 고개를 끄덕여 보인 북궁창성이 눈을 빛내며 말했다.

"그런데 고인께서는 방금 전 제 몸에 무슨 짓을 하신 겁니까?"

"좀 아프긴 했어도 현재 몸 상태가 평상시보다 한결 개운하지?"

"그렇습니다. 이렇게 몸 상태가 좋은 건 태어나 처음인 것 같습니다."

"그 정도인가? 뭐, 별거 아냐. 자네 몸속에 내력을 주입해서 절맥증으로 인해 뒤틀려 있는 기경팔맥에 샛길을 열어줬을 뿐이니까 말이야."

"은공!"

북궁창성이 목청을 높이고 바닥에 엎드렸다. 오체투지하듯 온몸을 바닥에 붙인 것이다.

"이봐, 구배지례 같은 거……."

"은공, 부디 제 절맥을 고쳐주십시오! 그리만 해주신다면 결코 은혜를 잊지 않겠습니다!"

'…할 리가 없겠지. 명색이 천하제일세가라 불리는 서패 북궁세가의 혈손이니 말야. 그런데 이거 아주 절절한데?'

내심 고개를 갸웃해 보인 이현이 손가락으로 목 근처를 긁으며 말했다.

"명가의 출신이 함부로 이러는 거 아냐. 아니, 그보다 대과를 보려고 숭인학관에 온 거 아니었어?"

"은공의 말씀대로입니다. 하지만 은공, 저는 무가의 자식입니다. 비록 어쩔 수 없이 대과를 준비하게 되었으나 어찌 가슴속에 무학의 길을 걷고자 하는 열망이 없겠습니까?"

"그럼 절맥증 때문에 무공을 포기했다는 건가?"

"부끄럽지만 분명 그렇습니다."

"하지만 아직도 무공을 완전히 포기한 건 아닌 것 같은데? 아니, 그보다 날이 갈수록 의지는 더욱 굳어지고 있는 걸 테지?"

"그건 어찌……."

'나도 그랬으니까. 아버님께 꾸중을 들었을 때.'

내심 중얼거린 이현이 여전히 자신을 향해 눈을 빛내고 있는 북궁창성에게 말했다.

"반드시 무공을 익히고 싶은 거겠지?"

"…그렇습니다!"

"어떤 시련과 어려움이 있어도 절대로 포기할 수 없는 거고 말야?"

"예, 그렇습니다!"

"좋은 자세야!"

"은공, 그러면……."

"쉽진 않겠지만 자네의 뜻을 가상히 여겨서 내가 절맥증을 치료하는 데 도움을 주기로 하지."

"…저, 정말이십니까?"

"물론이야. 단! 몇 가지 자네가 해줄 일이 있어."

"말씀만 하십시오! 어떤 일이라도 저 북궁창성이 성심성의를

다 바쳐서 수행하겠습니다!"

"응, 알겠어."

이현이 북궁창성을 향해 활짝 웃어 보였다.

*   *   *

뎅굴! 뎅굴!

이현은 목연의 반대를 무릅쓰고 북궁창성이 비워준 청풍채에서 마음껏 내활개를 치고 있었다.

포만감이 가득한 표정.

흡사 맛있는 고기와 요리로 배를 잔뜩 채웠을 때나 볼 수 있는 얼굴.

게다가 입 밖으로 실실 웃음이 흘러나온다.

'크하하하, 이런 천재적인 계획을 생각해 내다니! 생각해 낸 나 자신도 믿기지 않는구나!'

진심이다.

한 치의 거짓도 없이 그러했다.

얼마 전 자신 앞에 엎드린 북궁창성을 보며 이현은 즉흥적으로 한 가지 계획을 떠올렸다.

큰 고생 없이 대과 시험을 통과할 방법을 생각해 낸 것이다.

그렇다.

그게 바로 이현이 마음을 바꾼 이유였다. 화산파와 가까운 북궁세가의 일에 끼어들지 않겠다던 당초의 생각과 달리 북궁창성의 절맥증을 고쳐주기로 한 이유 말이다.

'하지만 그래도 확실히 해야 해! 미리 절맥증을 고쳐줬다가 북궁 애송이 녀석이 갑자기 과거 시험을 때려쳐 버리면 곤란해 지니까. 그러니 역시 한동안 그 녀석의 절맥증은 고쳐주지 않는 게 정답이야. 최소한 녀석이 날 데리고 3차 시험을 통과할 때까진 말이야.'

자신만 아는 꿍꿍이를 중얼거리며 이현이 눈을 감았다.

오랜만에 아주 꿀잠을 잘 것 같았다.

분명 그럴 터였다.

*   *   *

아침.

새소리가 시끄럽게 들릴 무렵, 자리에서 일어난 이현이 청풍채를 나왔다.

"으하암!"

늘어지게 기지개를 켜던 그의 눈에 이채가 어렸다.

청풍채와 마주 보이는 곳에 위치한 식당을 빠져나오는 목연과 눈이 마주쳤기 때문이다.

"이 공자님, 간밤에 편히 보내셨는지요?"

"오랜만에 편히 쉬었습니다."

"그러시군요."

"그런데 오늘 아침은 어찌 되는지 물어도 되겠습니까?"

"아침은 소찬과 밥으로 준비했습니다."

"아……."

이현이 진심을 담아 탄성을 발했다. 고기가 포함되지 않은 식단에 진심으로 불만을 드러낸 것이다.

그러나 목연은 개의치 않았다.

이현의 노골적인 불만을 아무렇지도 않게 무시했다.

"이 공자님, 어제 북궁 학사님이 하신 말씀 때문인데……."

"…북궁 학생이겠지요. 목연 학사님!"

"……."

"뭐, 그런 표정 지어 보일 필요 없습니다. 여인의 몸으로 명사이신 목극연 대학사님의 뒤를 잇게 되셨으니 조심하실 필요는 있을 테지요."

"죄송합니다. 이 공자님께 거짓을 고하려 했던 것은 아니었는데……."

"그건 그렇고, 제 입문에 대해서는 결정을 내리셨는지요?"

"북궁 공자는 비록 본 숭인학관에 유학을 온지 얼마 되지 않았지만 최고의 수재이십니다. 사실 학문의 성취로만 본다면 저보다 훨씬 높은 경지에 이미 올랐다고 봐도 무방할 것입니다."

'호오! 그렇단 말이지!'

이현이 내심 회심의 미소를 지어 보였다.

이미 그는 간밤 북궁창성을 철저히 이용하기로 마음먹었다.

그를 통해 대과 시험을 통과할 원대한 계획을 세워놓은 것이다.

한데 숭인학관의 실질적인 최고 학사인 목연이 북궁창성을 이리 높게 평가하고 있다. 어찌 심중 깊숙한 곳에서 기쁨이 샘솟지 않을 수 있겠는가.

"…그런 북궁 공자가 이 공자님의 학문적 성취를 장담하셨으니, 본 숭인학관에 입문하시는 건 문제가 없다고 봅니다."

"스승님!"

이현이 목청을 높이며 바닥에 엎드렸다.

"어맛!"

그리고 느닷없이 불의의 일격을 당한 것 같은 표정이 된 목연을 향해 재빨리 아홉 번 절했다. 더 이상 딴 말을 하지 못하게 만든 것이다.

"이 공자님, 어찌 그러십니까……."

"앞으로 현이라 불러주십시오. 스승님!"

"…그러지 마세요. 어찌 저 같은 아녀자에게 당당한 대장부가 그런 호칭을 하실 수 있단 말입니까? 만약 외인들이라도 알게 된다면 비웃음을 살 일일 것입니다."

"그럼 남들 앞에선 그리 호칭하지 않으면 될 일이지 않겠습니까?"

"부디 그래주세요!"

은연중 목소리를 높여 당부하는 목연에게 이현이 히죽 웃어 보였다.

"그럼 남들 앞에선 어찌 호칭할까요?"

"목 소저라 불러주시면 됩니다."

"알겠습니다!"

단순명쾌!

순식간에 향후 목연과 자신의 관계를 정의 내린 이현이 그제야 일어서서 몸을 탁탁 털었다.

'이런 개구쟁이 같은 분을 어째서 북궁 공자는 그리 높게 평가한 걸까?'

그동안 목연이 지켜본 북궁창성은 냉정, 침착, 우울함을 겸비한 학문의 천재였다.

다른 학생들보다 뒤늦게 숭인학관에 유학 왔으나 단숨에 두각을 드러냈다. 향후 분명히 대과 급제하여 명망을 드높이는 대학사가 될 자질이 충분한 것이다.

그래서 그녀는 북궁창성의 안목을 믿었다.

그가 인정한 이현 또한 어렵사리 인정할 수밖에 없었다.

"그럼 반시진 후 식당으로 와 주세요. 조식이 끝난 후 아침 공부에 들어가겠습니다."

"그런데 말입니다."

"말씀하세요."

"아침에 소채와 밥 외에 다른 건 먹을 게 없나요? 어제 먹은 만두라거나 고기가 들어간……."

"없습니다!"

매정할 만큼 단호한 대답과 함께 목연이 우물 쪽으로 걸어갔다.

아직 아침 준비가 덜 끝났다.

우물에서 물을 길어다가 십여 명 남짓 남은 혈기방장한 학생들이 먹을 밥을 마저 준비해야만 했다.

*　　　　　*　　　　　*

섬서성의 작은 도시 포성(蒲城)으로 향하는 관도 위에서 일남일녀의 도사들이 언쟁을 벌이고 있었다. 며칠 전 종남산을 출발해 조사동을 탈출한 마검협 이현 추격에 나선 종남파의 제자들이었다.

"사매, 사형이 긴한 부탁이 있는데 들어주겠는가?"

"싫어요!"

"너무 그렇게 무 자르듯 하지 말고, 일단 말이라도 들어보는 게 어떨까?"

"싫다고 했어요! 단연코 싫다고요!"

"하지만……."

"더 이상 말하지 마세요! 저는 절대로 원광 사숙조님한테 갈 생각이 없으니까요!"

"……."

대놓고 싫은 티를 팍팍 내고 있는 사매 전채연을 종남파 삼대 제자의 대사형인 남운이 난처한 표정으로 바라봤다.

눈앞의 열여덟 살 소녀.

남운과 열 살이나 나이 차이가 나는 막내 사매이나 장문인 천하무극검 원청진인의 하나뿐인 손녀이기도 했다.

문파의 배분이나 나이를 뛰어넘는 절대적인 배경을 지니고 있는 존재라 할 수 있는 것이다.

당연히 비상시엔 대사형의 권위가 통하지 않는다.

막무가내로 그녀를 강압할 순 없었다.

'하지만 그렇기 때문에 이번 일은 반드시 채연 사매가 맡아야만 한다! 제아무리 무서운 원광 사숙조님이라 해도 채연 사매에

게 만큼은 함부로 하지 않으실 테니까! 부, 분명 그러실 거야. 장문 조사님을 봐서라도……'

만나기조차 무서운 사숙조…….

현 종남파의 팔대장로 중 한 명이자 재정 담당인 청천백일검 원광도장을 떠올린 남운이 몸을 가볍게 떨었다.

평상시 돈을 아낄 것을 입에 달고 살던 그에게 포성에서 여비가 든 봇짐을 잃어버린 걸 말할 생각에 정신이 아득해져 왔다.

그가 불같이 노해서 자신을 향해 주먹과 발을 마구 날리는 환영에 온몸에 소름이 돋았다.

그래서 그는 방법을 바꾸기로 했다.

"사매, 다시 포성에 돌아가 빙당호로(과일사탕)를 파는 장사를 만나게 되면……."

"좋아요!"

"…응?"

"좋다고요! 빙당호로 다섯 개로 정하도록 하죠!"

"다, 다섯 개나?"

"싫어요?"

"아니, 좋다! 다섯 개다! 사매가 원광 사숙조님께 내가 봇짐을 잃어… 가 아니라 도둑맞은 사실에 대해 대신 고해주는 동안 내가 빙당호로를 사오도록 할께!"

"헤헷!"

언제 인상을 썼냐는 듯 전채연이 웃음을 흘렸다.

역시 종남파 제일의 금지옥엽이자 백치 꽃답게 사태의 위중함을 전혀 모르고 있다.

남운에겐 정말 다행스럽게도 말이다.

"크아아아아아아!"
"꺄아아아아악!"
"우어어어어어!"
"우아아아아아앙!"
포성의 한 객점이 뒤흔들렸다.
사자후!
무림에서 명성이 드높은 절정고수만이 펼칠 수 있다는 신공
이 펼쳐졌다. 그곳에 묵고 있던 원광도장에 의해서 밀이다.
물론 그것만으로 끝일 리 없다.
중간 중간 원광도장의 사자후에 놀란 전채연의 대성통곡이 흘
러나왔다. 분노와 당혹감에 찬 원광의 대노성에 전채연은 화들
짝 놀랐고, 울음을 터뜨렸다.
아주 오랫동안 그랬다.
그리고 그때쯤이었다.
포성에 돌아온 후 최대한 시간을 들여 빙당호로를 고른 남운
이 새파랗게 질린 얼굴로 한숨을 내쉬었다.
명백한 안도의 한숨이다.
양손 가득 빙당호로를 든 채 그는 자신의 탁월한 선택에 내심
고개를 끄덕였다. 원광도장의 저 거대한 분노가 현재 자신을 향
하지 않은 것만으로도 그저 감사할 뿐이었다.
한데, 바로 그때였다.
파창!

느닷없이 객점의 창문이 깨지더니, 그곳에서 흐릿한 청영이 튀어나왔다. 방금 전까지 전채연을 향해 분노의 사자후를 터뜨리고 있던 원광도장이 남운의 한숨 소리를 듣고 뛰어나온 것이다.

"헉!"

대경실색한 표정이 된 남운을 원광도장이 죽일 듯 노려봤다.

"놈! 사매한테 자신의 죄를 떠넘기고 군것질이나 하고 있었던 것이더냐!"

"아, 아니, 저는 그런 것이 아니옵고……."

"어디서 변명질이더냐!"

"…컥!"

남운이 숨넘어가는 소리를 흘렸다. 평소부터 무척 무서워하던 원광도장이 내뿜는 기세에 완전히 얼어버리고 말았다.

그러나 그때, 원광도장이 손을 뻗어서 남운이 떨군 빙당호로를 받아들었다.

"아깝게 먹을 걸 땅에 흘리면 안 되지."

"죄, 죄송합니다."

고개를 땅에 닿을 듯 숙이는 남운을 바라보던 원광도장이 쪼르르 자신의 뒤를 따라나온 전채연에게 말했다.

"채연이는 여기서 기다리고 있어라."

"왜요?"

"이제부터 나와 운아는 해결할 일이 있기 때문이니라."

"그럼 저 줘요."

"뭘 달라는 것이냐?"

"그 빙당호로요. 남 사형이 제게 사준다고 한 거거든요."

"놈!"

원광도장이 벼락같은 눈으로 남운을 쏘아봤다.

그가 없는 돈에 빙당호로를 잔뜩 사가지고 온 이유를 비로소 눈치챘기 때문이다.

그러거나 말거나 어느새 두 사람 곁으로 달려온 전채연이 얼른 빙당호로를 거둬갔다. 언제 원광도장의 사자후에 놀라 울음을 터뜨렸냐는 듯 얼굴 가득 미소가 가득하다.

* * *

포성주점.

포성의 뒷골목을 한참 걸어서 도착한 이곳은 한눈에 보기에도 불량한 장한들이 서성대고 있었다. 아마 하나같이 포성에서 주먹깨나 쓴다는 자들일 것이다. 아니면 혹도(黑道)나 하오문과 관계된 자들일지도 모르겠고 말이다.

원광도장이 자신의 뒤를 퉁퉁 부은 얼굴로 따르고 있던 남운에게 은밀히 말했다.

"이곳은 이미 포위되었다고 생각하고 조심해라."

"…예."

"한 대 더 맞으려느냐?"

"아닙니다! 결코 허투루 여기지 않겠습니다!"

"홍! 그래야만 할 것이니라."

나직한 냉소와 함께 원광도장이 포성주점을 향해 걸어갔다. 그러자 기다렸다는 듯 그의 앞을 가로막아서는 두 명의 장한.

"늙은 도사, 무슨 일로 오신 것인가?"

"빈도는 종남의 원광이라 하네."

"종남의 원광? 그게 뭔데… 켁!"

여전히 험상궂은 얼굴로 빈정거리려던 장한의 얼굴이 크게 일그러졌다. 그의 옆에 서 있던 자가 옆구리를 주먹으로 강하게 내질렀기 때문이다.

"자, 장 이형, 도대체 왜 그러시오?"

"아가리 닥쳐라!"

"……."

단 한마디로 험상궂은 장한의 입을 막아버린 장오광이 원광도장에게 장읍하며 말했다.

"소인은 섬서 하오문의 장가라 합니다. 종남파의 청천백일검께서 왕림하시길 진 분타주님께서 줄곧 기다리고 계셨습니다."

"앞장서 주시게."

"예. 예."

연달아 대답한 장오광이 주변의 다른 장한들을 눈짓으로 물리고 원광도장과 남운을 포성주점으로 안내했다. 그곳이야말로 포성의 하오문 비밀지부였던 것이다.

잠시 후.

원광도장은 섬서 하오문의 분타주 혈갈 진화정과 마주하고 앉아 있었다.

힐끔.

자신 앞에 놓인 다구를 한차례 눈으로 살핀 원광도장이 얼굴의 절반을 면사로 가린 진화정에게 말했다.

"내 묻겠소."

"봇짐은 그대로입니다."

"역시 일부러 운아의 봇짐을 노린 것이로구려."

"물론입니다. 섬서 땅을 굴러다니는 하오문도가 종남파의 무인들에 대해 모른다는 건 있을 수 없는 일이니까요."

"하면 묻겠소."

"청명보검!"

"……"

"얼마 전에 제 휘하에 있는 소매치기 아이 하나가 빌견했습니다. 참 이상한 일이지요? 제가 알기로 청명보검은 수년 전 종남파에서 거금을 들여서 구입한 단금절옥의 명검인데 말이지요. 그 청명보검의 현 소유자는 분명 종남파 제일고수인 마검협이고요."

"……"

"해서 추격할 수밖에 없었습니다. 아이들을 대거 풀어서 청명보검의 소유자가 제가 생각한 그분이 맞는지 확인해 보려 한 것이지요."

"결과를 물어도 되겠소?"

"제 휘하 아이 열다섯 명이 중상을 입고, 저는 아예 죽을 뻔했군요."

"그렇군."

원광도장이 다소 심드렁하게 고개를 끄덕여 보였다.

하긴 무리도 아니다.

그가 알고 있는 이현은 정파인으로서 마검협이란 무명이 붙었을 만큼 파괴적인 성정의 소유자였으니까.

그 점이 진화정의 비위를 상하게 만들었다.

"그래서 생각해 봤습니다. 어째서 내년에 있을 비검비선대회에 대비해서 폐관 수련 중이어야 할 마검협이 다시 무림에 출도했는지에 대해서요."

"어떤 결론을 내렸소?"

"뻔하죠."

"뻔하다?"

"포기!"

진화정이 양손을 들어 보였다. 방금 전까지의 차곡차곡 쌓아 올렸던 정보의 단절을 갑자기 선언해 버린 것이다.

그러자 원광도장이 입가에 흐릿한 미소를 지어 보였다.

"과연 하오문에서 중책을 맡고 계시는 분다운 안목이시군요."

"뭐, 그렇죠. 그래서 거래를 해보고 싶어서 금일 청천백일검 원광도장님을 뵈시게 되었습니다."

"이미 빈도는 탄복을 금치 못한 바 있소이다. 사양치 마시고 말씀해 주시지요."

"내년에 있을 비검비선대회에 우리 식구 몇 명이 참관할 수 있게 해주세요."

"그건 어떤 이유에서인지 물어도 되겠소이까?"

"사업 때문이지요."

'운검진인과 사제 간의 비무 승패를 걸고 도박판을 벌이려는 게로구나!'

원광도장이 바로 진화정의 의도를 눈치챘다.

종남파의 살림을 책임지고 있는 재정 담당자인 만큼 재화가 걸린 일에 대해선 민감하다.

사실 정파에 속한 도사 신분이 아니었다면 그 역시 구미가 당길 만한 큰판인 점은 부인하지 못할 터였다.

뭐, 원광도장에겐 그림의 떡이었다.

"그럼 빈도가 얻을 수 있는 이 점에 대해 말해주시오."

"마검협의 행방!"

"이미 알아냈다?"

"조만간 알아낼 수 있지 않을까요?"

'바로 얘기를 풀지는 않겠다는 게로군.'

원광도장이 내심 고개를 끄덕이고 잠시 고심하는 표정을 짓다 말했다.

"세 자리 정도면 되겠소이까?"

"충분합니다."

"좋소. 그럼 빈도에게 내줄 것이 있을 터인데?"

"애들아, 물건 가져와라!"

"예, 누님!"

방 밖에서 대기하고 있던 하오문도 하나가 얼마 전 남운에게서 털어간 봇짐을 가져왔다. 이로써 원광도장은 남운을 다시 훈도하지 않아도 되게 되었다.

*　　　　*　　　　*

원광도장과 남운이 떠난 후 면사를 벗은 진화정의 곁으로 수하들이 모여들었다.

"누님, 과연 대단하십니다! 종남파의 청천백일검을 완전히 손바닥 위에 올려놓고 희롱하시다니 말입니다!"

"오호호, 그게 내 진짜 실력이지!"

"맞습니다! 정말 그렇습니다! 저희들은 내심 조마조마해서 죽는 줄 알았습니다. 만약 청천백일검이 화가 나서 검을 뽑아 들고 난동을 피울까 봐 완전히 쫄았거든요."

"청천백일검 정도 되는 정파의 명숙이 그러기에 하겠느냐?"

'마검협은 우리를 완전히 거덜냈는데요? 누님도 그날 눈이 밤탱이가 됐잖아요!'

"뭐, 그리고 만약 그런 일이 벌어졌다면 내 자랑스러운 오른팔인 너 장오광이가 나서서 해결하면 될 일이고 말야."

"헤헤헤, 과연 누님께선 이 오광이 놈을 중히 여기시는군요. 그런데 어떻게 제가 청천백일검의 난동을 해결할 수 있다는 거지요?"

"뻔하잖아요!"

원광도장에게 했던 것과 동일한 말을 던진 진화정이 작은 칼을 뽑아 들어 장오광의 어깨를 자르는 동작을 취했다. 누가 보든 자명한 상황이다.

"이, 이놈의 팔을 자르실 작정이셨습니까?"

"그럼 내 팔을 자르랴?"

"……."

태연한 진화정의 대답에 장오광이 입만 벌린 채 아무런 말도 하지 못하게 되었다.

그러거나 말거나 진화정의 시선은 이미 다른 곳을 향하고 있었다.

'내게 굴욕을 준 너, 마검협! 결코 용서하지 않을 것이다! 반드시 부. 숴. 버. 리. 고. 말. 거. 야!!!'

뒤끝 하나는 확실한 진화정이었다.

第六章

부전자전

긁적!

이현은 목 근처를 손으로 긁고는 주변을 두리번거렸다.

'왠지 귀가 가려운데? 사형들이 내 욕을 하고 있는 건 아니겠지?'

정파인답지 않은 심성의 소유자.

그래도 양심은 좀 남았다.

사문 종남파가 자신의 갑작스러운 조사동 탈출로 인해 난리가 났으리란 점은 익히 알고 있었다.

타고난 잔소리쟁이들인 사형들은 아마 지금쯤 엄청난 규모의 추격대라도 편성해서 섬서성 일대를 헤집고 다니고 있을지도 모른다.

'흐흐, 하지만 내가 이가장 출신이란 걸 아는 사람이 없으니,

사형들도 한동안 고생 좀 하겠구먼. 뭐, 내가 지금 하고 있는 고생과는 비교도 되지 않을 테지만 말이야.'

내심 웃음을 지어 보인 이현이 갑자기 손을 번쩍 들고 논어의 한 대목을 강론하고 있던 목연에게 말했다.

"목 소저, 잠시 실례 좀 하겠습니다."

"무슨 일이지요?"

"생리현상입니다."

"……."

목연이 안색을 가볍게 붉히고 가만히 고개를 끄덕여 보였다.

현재 숭인학관에 남은 학생들은 대부분 순수한 선비나 학사 출신 집안의 자제들이었다.

북궁창성과 이현만이 유일하게 차별적인 존재라 할 수 있었다.

당연히 대학사 목극연을 대신해 가르침을 주고 있는 목연의 앞에서 학생들은 하나같이 유순하게 행동했다.

이현처럼 자신의 속내를 거리낌 없이 내뱉는 행동 같은 건 상상조차 하지 못하는 것이다.

"으음, 어찌 목 소저 앞에서 저런 말을 한단 말인가!"

"이가장은 본래 명문이라 들었는데, 역시 소문이란 건 믿을 수 없지 않은가?"

'다 들린다! 이것들아!'

여기저기에서 흘러나오는 수군거림에 내심 인상을 써 보인 이현이 공부방인 경륜당을 벗어났다.

나중에 애들을 숭인학관 뒤편으로 집합 한번 시켜야겠다는 생각을 잠간 했음은 물론이었다.

그럼 이현이 진짜 생리현상 때문에 경륜당을 빠져나온 것일까?

전혀 아니다.

그는 단순히 글공부를 잠시 피할 필요성을 느꼈다. 귀신같은 기감을 통해 목연의 안면근육을 읽어냈다. 몸의 언어를 해석해 냈다.

이는 고급 무학의 기본!

도가 무학 중 하나인 청경의 요결 중 하나이기도 하다.

몸의 여섯 가지 감각을 극도로 수련하여 대적자의 움직임을 일목요연하게 파악해 내기 위함이었다.

그리고 그런 수순을 거쳐서 무학의 동작과 변형, 흐름을 읽어 낸다.

공격을 사전에 파악하고, 먼저 선제적인 대응을 보일 수 있게 되는 것이다.

즉, 싸우기 전에 이기는 방법이다.

대적자와의 대결 이전에 승부를 결정짓는 궁극의 초식이었다.

이현이 조사동에서 완성한 심상수련 역시 이 청경을 극대화 시킨 것이라 할 수 있었다.

한데, 그런 초상승의 무학 이치를 이현은 목연에게 적용했다.

그녀의 일거수일투족을 빠짐없이 파악했다. 혹시라도 질문을 받는 상황을 미연에 방비하기 위함이었다. 바로 지금처럼 말이다.

'그럼 어디든 가서 한동안 시간을 죽여야만 할 것 같은데…

식당에나 가볼까?'

숭인학관에 입학한 후 가장 좋았던 점은 음식이다.

목연의 음식 솜씨는 고모 이숙향에 비할 바가 아니었기 때문이다.

특히 종종 만들어주는 고기만두가 천하일미라 할 수 있었다.

실실!

고기가 잔뜩 든 만두를 떠올리는 것만으로 기분이 좋아진 이현이 식당 쪽으로 빠르게 걸어갔다. 중이 고기 맛을 알면 절에 빈대가 남아나지 않는다는 건 딱 현재의 이현에게 해당하는 말일 터였다.

그렇게 식당 앞에 이현이 도착했을 때였다.

웅성! 웅성!

식당에서 그리 멀지 않은 숭인학관의 대문 쪽에서 시끄러운 소동이 벌어지고 있었다.

'떼로 몰려왔네? 족히 30명은 넘는 것 같은데……'

대충 짐작이 가는 바가 있다.

숭인학관에 입학한 후 입수한 정보가 있었기 때문이다.

힐끔.

아쉬움을 가득 담아 식당 쪽을 곁눈질한 이현이 곧 한줄기 바람으로 변했다.

"아이고, 배가 고파서 죽겠구나!"

"이 거지 놈이 여기서 딱 힘이 떨어져 버렸네!"

"거지가 배가 고파서 이렇게 왔네그려!"

"거지가 왔네! 거지가 왔어! 거지가 와버렸어!"

숭인학관의 대문 앞에 몰려온 건 명실상부한 거지 떼였다. 그것도 아주 상거지들이다.

한데, 좀 묘한 구석이 있다.

거지의 숫자가 서른 명이나 되는데다가 하나같이 기골이 장대했다. 누더기 차림 속에 언뜻언뜻 드러나 보이는 몸이 아주 근육질인데다 눈에는 정광까지 번뜩이고 있다.

개방(丐幇)!

천하를 유랑걸식하는 거지들의 모임이다. 정파의 역사 속에 구대문파와 함께 오랫동안 함께해 온 천하제일의 방회 조직체이기도 하다.

당연히 그곳에 속한 거지들은 상당수 빼어난 무공을 익힌 고수였다. 신분만 거지일 뿐 무림 속에서 꽤나 주도적으로 움직이는 조직의 무인들인 것이다. 눈앞에 있는 내공을 겸비한 근육질의 거지들처럼 말이다.

'그런데 개방의 고수들이 이렇게 떼로 몰려오다니, 내 예측이 틀렸을지도 모르겠군.'

한눈에 숭인학관에 몰려온 거지들의 정체를 간파한 이현이 눈살을 가볍게 찌푸려 보였다.

다른 무림 문파와 달리 개방은 다루기가 쉽지 않다는 걸 경험으로 알고 있었기 때문이다.

잠시뿐이다.

곧 이현은 태연한 표정을 한 채 숭인학관 앞에 몰려온 개방 거지 떼 중 하나에게 걸어갔다.

"이곳은 신성한 학문의 도량이거늘 어찌 거지들이 몰려와서 소란을 피우는 것인가?"

"아이고, 공자님! 우리 거지들이 배가 고파서 어쩔 수 없이 왔으니 부디 은정을 베풀어주십시오!"

"은정을 바라면 그에 합당한 행동을 하는 게 옳지 않은가? 오늘 특별히 본 공자가 은량을 내줄테니, 더 이상 소란 피우지 말아 주게나."

이현이 품에서 은 한 냥을 꺼내 동냥박 안에 던져주자 거지가 얼른 허리를 숙이며 사의를 표했다. 어떠한 상황이든 동냥을 받으면 진심으로 감사를 표하는 것이 개방의 오랜 규율인 까닭이었다.

"공자님의 은정에 감사드립니다!"

"그럼 가보게."

"한데 이 거지가 공자님께 한 가지 물어볼 것이 있습니다."

"동냥을 받았으면 냉큼 떠날 것이지 질문까지 하려 하다니, 자네는 예사 거지가 아닌 게로군?"

"그리 말씀하시는 공자님도 평범하게 과거 준비를 하는 분은 아닌 것 같습니다만?"

'역시 개방이라는 건가? 하지만 내 정체를 어디까지 알고 왔는지 확인을 해봐야겠다!'

내심 눈을 빛낸 이현이 눈앞의 거지를 향해 히죽 웃어 보였다.

"처음부터 시비를 걸려고 온 건가?"

"소공자, 본인은 개방의 삼결제자로 이곳 청양 분타의 부분타 주를 맡고 있다네. 얼마 전 청양의 명가인 유현장의 이공자가 치명적인 중상을 당했는데, 그 점에 대해 아는 바가 있는지 묻고 싶네만?"

'말투가 바뀌었군.'

눈앞의 털북숭이 거지가 검갑 속에 숨겨놓고 있던 칼을 빼 들었다는 뜻이다.

그렇다면 이현 역시 거칠 것이 없어진 셈.

"하하, 협명을 떨치던 개방의 명성도 당대에 끝이 난 것 같구나!"

"어린 친구가 말을 함부로 하는구나!"

"말을 함부로 하면 어찌할 셈인가? 거지!"

"감히!"

분노성을 터뜨리며 이현에게 달려든 건 자신을 청양의 부분타 주라 칭한 털복숭이 삼결제자가 아니었다.

그의 뒤에서 동냥 바가지를 이리저리 흔들고 있던 독안의 거지가 커다란 주먹을 이현을 향해 날린 것이다.

"노육 형제!"

퍼억!

노육이라 불린 독안 거지의 주먹이 이현의 어깨를 때렸다.

산서성에서 이름 높은 쇄비수의 절기!

무공을 익히지 않은 범인이라면 단숨에 어깨뼈가 바스러질 만한 위력이 담겼다.

이현이 자신들의 정체를 눈치채고도 개방을 무시하는 발언을 하자 화가 잔뜩 난 듯하다.

분명 그래 보였다.

겉으로 보기엔 말이다.

'하지만 그렇다기엔 너무 살기가 짙은 수법이로군. 아직 내가 무림인인지 파악조차 되지 않았을 텐데……'

이현은 내심 눈을 빛냈다.

느닷없이 나서서 자신에게 살수를 쓴 노육이란 독안 거지에게 의구심을 느꼈기 때문이다.

그러니 확인은 필수다.

툭!

이현이 순간적으로 어깨를 움츠렸다가 가볍게 앞으로 밀어냈다. 노육의 쇄비수가 닿은 부위의 근육에 내력을 운집해서 튕겨 내 버린 것이다.

"헉!"

노육이 신음을 터뜨렸다.

그럴 수밖에 없다.

작심하고 이현을 불구로 만들려고 펼친 쇄비수의 공력이 한꺼번에 되돌아왔다. 그것도 몇 배의 기력을 더해서 말이다.

털썩!

결국 노육이 자신의 부러진 팔을 부여잡고 바닥에 쓰러졌다. 순식간에 그리되었다.

"노육 형제!"

그러자 이번에는 털북숭이 거지가 나섰다.

패앵!

그의 허리에서 사슬낫이 빠져나왔다. 바로 코앞에 있던 이현을 노리며 날카로운 칼날을 번뜩인다.

촤르륵거리며 회전을 보이더니 단숨에 이현의 전신을 옭아매 버린다.

분명 그런 것 같았다.

슉!

그러나 다음 순간 털북숭이 거지는 대경실색하고 말았다.

갑자기 이현이 자신의 사슬낫의 사슬을 벗어나서 자취를 감춰 버렸기 때문이다.

'이 무슨……?'

"갑시다."

"뭐?"

"당신네 분타주를 보러 가자고."

연달아 다른 방향에서 들려온 이현의 목소리에 털북숭이 거지의 얼굴이 창백해졌다. 비로소 상대가 자신으로선 결코 상대하지 못할 초고수임을 눈치챈 것이다.

"아니면 백주대낮에 이런 곳에서 개방의 명성에 흠집이라도 내고 싶소?"

"그, 그건… 아니오."

"역시 말이 통하는 사람이로군. 하하."

나직한 웃음과 함께 이현이 털북숭이 거지에게서 떨어져 나왔다.

그러자 뒤늦게 사태를 파악한 주변의 개방 거지들이 이현을 향해 살기를 일으켰다. 자신의 부분타주를 지키기 위해서 합공도 서슴지 않을 기세다.

그러나 이미 털북숭이 거지는 이현에게 질린 상태.

그가 버럭 소리 질렀다.

"형제들 모두 물러나시게!"

"부분타주님!"

"부분타주 형님!"

"장오 부분타주님!"

'이 거지의 이름이 장오로군. 그런데 장오라면 혹시 섬서성의 풍운삼개 중 대형인 장팔사모의 그 장오인 건가?'

이현이 방금 전 자신이 목숨을 취할 수 있었던 털북숭이 거지 장오를 보며 내심 고개를 갸웃거렸다.

장팔사모 장오!

한 자루 장팔사모와 장비 같은 외모로 유명한 개방의 고수다.

이현이 이름을 들어봤을 정도이니 개방에서의 지위나 무공이 결코 낮을 리 없었다.

'그런데 어째서 장팔사모 장오 정도 되는 자의 무공이 이리 형편없을 수 있는 거지? 적어도 내가 아는 장오가 맞다면 이렇게 어이없이 내게 제압당할 리는 없을 텐데… 역시 환골탈태를 한 후 내가 엄청나게 강해진 건가?'

의혹은 길지 않았다.

어렴풋이나마 예상하고 있던 현실.

즉 이현은 부친을 만난 후 얻은 깨달음으로 인해 과거보다 월

둥히 강해진 상태였다.

그 자신조차 제대로 가늠이 되지 않을 정도의 초고수가 된 것이다.

그러니 이젠 슬슬 현실에 익숙해질 때였다.

개방에서 적지 않은 명성을 떨치는 장팔사모 장오라 할지라도 현재의 이현에겐 어린아이나 다름없다는 걸 말이다.

그때 이현에게 살수를 썼다가 오히려 팔이 부러진 노육이 힘겹게 몸을 일으켰다. 얼굴이 고통으로 일그러진 상태임에도 그의 독안은 분노로 번들거리고 있었다.

"자, 장오 형님, 이놈을 가만 놔둬선 안 됩니다! 반드시… 반드시……."

"반드시 분타주님 앞에서 시시비비를 가릴 것이다!"

"…장오 형님의 말씀이 지극히 옳습니다!"

"그러니 노육 형제는 먼저 몸을 건사하시게."

"예, 노육이 장오 형님의 명에 따르겠습니다."

노육이 여전히 분한 표정을 이현에게 던지고 휘청거리며 다른 거지들 쪽으로 물러났다.

그러자 이현이 짝 하고 손뼉을 치고 유쾌하게 말했다.

"그럼 대충 결정 났으니, 우리 다 함께 청양 분타로 갑시다. 괜스레 입시에 여념이 없는 어린아이들이 있는 곳에서 소란 피우지 말고."

'네놈도 어리잖아?'

'누가 봐도 아직 약관도 안 된 애송이가 애늙은이같이 말하기는!'

거지들이 이현을 향해 아니꼬운 시선을 던졌다.

그러나 보통 무림인들은 학문에 매진하는 사람들한테 살짝 거리감을 느끼곤 했다. 무학과 학문의 길이 완전히 달랐기 때문이다.

하물며 개방의 거지들은 일자무식이 대부분이었다.

평생 책이나 공부하곤 담을 쌓고 살았기에 아무래도 학관 같은 곳은 불편했다.

목표로 했던 이현이 순순히 분타로 따라가겠다니 불만을 터뜨릴 순 없었다.

부분타주 장오나 노육의 상태가 조금 이상하긴 했지만 말이다.

*　　　　　*　　　　　*

개방 청양 분타.

거지들의 집단이 모이는 곳답게 그럴듯한 대저택이 아니라 큼지막한 관제묘였다.

관제묘란 중원의 어느 곳에서나 발견할 수 있는 삼국지의 무신(武神) 미염공 관우를 모신 사당이다.

관우는 본래 도원결의로 유비, 장비 등과 삼형제가 되었고, 후일 조조의 위나라를 공격하다가 촉나라와 연합이었던 오나라의 배신으로 목숨을 잃는다.

삼국지 정사의 저자 진수는 관우를 만부부당(萬夫不當)으로 묘사했는데, 만 명의 장정도 대적할 수 없다는 뜻이었다.

물론 단지 관우의 무위 때문에 중원인들이 그를 오랫동안 신으로 모시게 된 건 아니다.

충의(忠義)!

죽을 때까지 도원결의한 자신의 의형이자 주군, 유비에게 충성과 의리를 바친 것이 바로 관우였다. 그의 이 같은 올곧은 모습과 무신으로서의 신위가 합쳐져 오랫동안 중원인들의 마음속에 숭배의 대상으로 남게 되었다.

마찬가지로 무림인들에게도 관우는 중요한 존재였다.

그의 태생이 본래 협객이었기에.

하지만 개방이 대부분의 관제묘를 자신들의 분타로 사용하는 건 단순히 그런 이유 때문은 아니었다.

그보다는 아주 원초적인 이유였다.

유랑걸식이 일상인 거지들.

특별한 재산이 있을 리 만무하다.

부동산 역시 마찬가지다.

그런 의미에서 중원 어디에나 흔한 관제묘는 개방 거지들에게 딱이었다. 그들이 모일 모임 장소로 이 이상 가는 곳을 찾기 어려웠으니까 말이다.

'하지만 그런 것 치곤 이곳 청양 분타는 꽤나 호화롭군. 보통의 관제묘는 이렇게까지 잘 관리되지 않는데 말야.'

이현은 관제묘를 살피며 내심 눈을 빛냈다.

과거 출종남천하마검행 당시 그는 몇 차례 개방 고수를 상대한 적이 있었다.

천하제일대방이란 명성답게 무수히 많은 방도를 거느린 개방에는 고수의 숫자도 엄청나게 많았기 때문이다.

하지만 그러던 중 맞닥뜨렸던 개방의 분타나 모임 장소도 눈앞에 있는 관제묘처럼 화려하진 않았다.

본래 개방에는 거지의 본분을 지켜야만 한다는 규율이 존재했다. 그리고 그로인해 동냥질과 검소한 생활태도가 방 내 전체에 퍼져 있는 추세인 것이다.

그때 대놓고 거지들에게 이현을 포위하게 한 채 청양 분타인 관제묘에 도착한 장오가 목청을 높였다.

"분타주님, 장오와 형제들이 숭인학관에서 손님을 데려왔습니다!"

"장오 형님!"

"장오 형님!"

관제묘 안에서 두 명의 거지들이 뛰쳐나왔다.

장오의 의형제인 풍운삼개 중 두 명인 용호권 운호와 팔비수 호평이었다.

그들은 삼국지의 영웅들을 흠모해 장오와 함께 도원결의를 했는데, 지난 십여 년간 섬서성에서 협행으로 이름을 드높였다.

장오가 두 의형제를 향해 고개를 끄덕여 보이고 조심스럽게 말했다.

"분타주님께서는 안에 계시느냐?"

둘째 운호가 말했다.

"예, 유현장주님과 함께 꽤 오래전부터 형님이 돌아오시길 기다리고 계셨습니다."

"유현장주님도 계신단 말이냐?"

"예, 이번에도 고기와 술을 잔뜩 가져오셔서 형제들이 모두 좋아하고 있습니다."

"으음."

장오가 나직한 신음을 토해냈다. 운호가 한 말이 이현을 자극할까 봐 신경이 쓰였기 때문이다.

그러나 이현은 관심조차 보이지 않았다.

처음부터 짐작했던 일이다.

단지 개방이나 협객으로 이름 높은 풍운삼개가 개입된 게 의아했으나 관제묘에 도착하자마자 대충 이해했다.

최소한 이곳 청양 분타만큼은 개방의 명성과 달리 타락한 지 오래란 걸 눈치챈 것이다.

그때 관제묘 안에서 걸걸한 목소리가 들려왔다.

"장오 형제, 어서 죄인을 압송해 들어오게나! 유현장의 유장주님께서 이미 너무 오래 기다리셨다네!"

"예, 분타주님."

장오가 대답과 함께 이현을 향해 나직하게 말했다.

"너무 염려하지 마시오. 소공자에게 죄가 없다면 절대 나 장오가 억울한 일을 겪지는 않게 할 테니까."

"본래 무림에서 풍운삼개의 대형 장팔사모 장오란 대명은 충분히 그럴 만한 명성을 지녔다고 할 수 있을 것이오."

"나, 나에 대해 알고 있었던가?"

"어찌 섬서 땅에 사는 사람이 개방의 협객인 풍운삼개에 대해

모를 수 있겠소? 하지만 당신들이 모시고 있는 분타주 또한 당당한 개방의 협객인지는 잘 모르겠소."

"그, 그건……."

자신도 모르게 더듬거리게 된 장오를 향해 히죽 웃어 보인 이현이 누가 뭐라고 하기도 전에 관제묘로 뛰어들었다.

한줄기 바람으로 변한 채로 말이다.

"뭐, 뭐야!"

"헉!"

"으허억!"

큼지막한 관우상 아래 옹기종기 모여 있던 거지 몇 명이 당황한 표정이 되었다.

느닷없이 관제묘 안으로 난입한 이현.

그는 순식간에 너댓 명이 넘는 거지들을 뛰어넘었다.

그들의 촘촘한 방어진을 뚫고 관우상 바로 밑에 앉아 있던 청양 분타주 위풍걸개에게 파고들었다.

그야말로 질풍노도!

"이런!"

위풍걸개가 뒤늦게 경호성을 발하며 자신의 낭아봉을 치켜올렸다.

그걸로 일단 달려드는 이현에게 반격을 가할 작정을 한 것이다.

그러나 실패다.

착각이었다.

애초부터 이현의 목표는 위풍걸개가 아니었으니까.

"으헉!"

위풍걸개의 바로 옆에 앉아 있던 유현장주 유성엽이 숨넘어가는 비명을 터뜨렸다.

좀 늦었다.

쭈욱!

어느새 그의 다소 비대한 몸은 이현에게 뒷덜미가 붙잡혀 질질 끌려 내려가고 있었다.

위풍걸개의 곁으로부터 떨어져 나와 관제묘의 중앙까지 단숨에 끌이내려져 버렸다.

털푸덕!

그렇게 유현장주를 내동댕이친 이현이 한 손에 낭아봉을 든 채 어찌할 바를 모르게 된 위풍걸개를 향해 말했다.

"당신이 개방의 청양 분타주인 것이오?"

"그, 그렇네만?"

"그럼 내 옆에 살찐 영감이 유현장주겠구만?"

"그, 그건……."

"뭐, 대답은 들은 걸로 치겠소. 그런데 이 살찐 영감한테 얼마나 받아먹은 거요?"

"……."

주독이 올라서 평소에도 빨갛던 위풍걸개의 얼굴이 더욱 시뻘겋게 변했다.

한눈에 보기에도 약관도 안 되어 보이는 이현에게 모욕을 당했다는 생각이 들었기 때문이다.

그러나 이현은 개의치 않는다.

애초부터 눈앞의 위풍걸개가 생긴 것 답지 않게 술뿐만 아니라 여색까지 탐하는 인사란 걸 알고 있어서였다. 그것도 아주 많이 말이다.

'보통 술과 여자를 탐하는 자들은 뒤가 구린 법이지. 그것도 저렇게 더럽고 나이 많은 놈팡이들에겐 말이야. 하지만 개방 정도 되는 명문정파의 분타주가 뒷돈을 받아먹고 남의 더러운 일을 해결해 줬다는 건 밖으로 결코 나돌아선 안 될 일일 터!'

이현이 내심 염두를 굴린 것과 동시였다.

"당장 대문을 닫아걸어라!"

위풍걸개가 소리 지르자 주변의 거지들이 얼른 복명했다.

"예!"

"예!"

'그러니 결국 이렇게 되는 게지.'

대문을 닫아걸은 거지들이 자신을 포위하는 모습을 이현이 냉정하게 바라봤다.

처음부터 예측했던 대로다.

개방의 명성!

땅에 떨어지기를 기다렸던 것이다. 마음대로 손을 쓸 마음이 들게 말이다.

한데 그때 이현의 예측을 벗어난 일이 발생했다.

"모두 물러나라!"

갑자기 버럭 소리를 지르며 앞으로 나선 건 이곳까지 이현을 안내해 온 장오였다.

그가 어느새 한 손에 장팔사모를 꼬나들고 거지들의 포위진

안으로 뛰어든 것이다.

위풍걸개가 놀라 소리쳤다.

"장오 형제, 무슨 짓인가?"

"분타주님, 저 장오가 이곳에 오기 전에 한 가지 약속을 한 바 있습니다."

"무슨 약속을 누구에게 했다는 건가?"

장오가 이현을 한차례 바라본 후 말했다.

"여기 소공자에게 어떤 일이 있더라도 억울한 일이 없도록 하겠다는 약속을 했습니다. 저와 제 형제들의 이름을 걸고 말입니다."

"……."

"그러니 분타주님께서는 이번 일을 저 장오에게 맡겨주십시오. 제가 저 소공자와 얘기를 나눠보도록 하겠습니다."

위풍걸개의 눈매가 가늘어졌다.

"장오 형제의 말이 참 이상하구만? 자네는 방금 전 저 천둥벌거숭이 같은 젊은 놈이 유현장주를 납치하고, 개방의 명성을 능멸하는 말을 듣지 못했단 말인가?"

"그건 그렇지만……."

"뭐가 그건 그렇지만이란 말인가? 설마 자네는 저 망할 종자의 말을 믿기라도 한다는 건가?"

점차 언성이 올라가는 위풍걸개의 태도에 장오가 잠시 말을 잇지 못했다.

사실 그는 평소 분타주 위풍걸개의 성정이나 행태를 잘 알고 있었다.

이현이 한 말이 딱히 틀리지 않았으리란 의혹은 자연스럽게 따라올 수밖에 없었다.

그러나 어디까지는 그는 자신의 직속상관인 분타주!

청양 지역 개방의 최고 우두머리였다.

그런 그가 이현에게 대놓고 능멸을 당한 판에 제대로 된 대화가 이뤄질 리 만무했다.

'하지만 이 소공자는 엄청난 무위의 소유자다. 그런 고수와 극한까지 대립을 벌인다면 길보다는 흉이 더 많은 일이라고 할 수 있을 것이다. 그러니 일단 어떻게든 내가 중재를 해야 할 것이다. 그런 연후에… 헉!'

빠르게 염두를 굴리던 장오가 갑자기 대경실색한 표정이 되었다.

주변의 시선이 위풍걸개와 장오의 대화에 집중되어 있자 줄곧 이현만을 노려보고 있던 노육이 그를 다시 공격해 들어갔기 때문이다.

아직 성한 왼손에 다시 담긴 쇄비수의 공력!

퍽!

둔탁한 타격음과 함께 이현이 비명을 터뜨렸다.

"아이구! 나 죽네!"

"크하하하! 이놈, 감히 네놈이 나 쇄비수 노육을 건드리고 무사할 줄 알았더냐!"

노육이 바닥에 쓰러진 이현을 바라보며 크게 대소를 터뜨렸다.

온몸을 부들거리며 떨고 있는 그의 모습에 얼마 전 당했던 일격에 대한 마음속 울화가 조금쯤 풀린 듯하다.

"어찌 저럴 수가!"

장오가 당황한 표정이 되었다.

그는 여태까지 이현을 엄청난 고수라 생각하고 있었다.

얼마 전 무력하게 당했던 노육의 기습에 이렇게 속수무책으로 당하리라곤 상상조차 하지 못했다.

어쩌면 여태까지 자신이 착각이라도 했던 것일까?

그러거나 말거나 이현은 바닥을 뒹굴면서 계속 고통을 호소했다.

"아이고! 거지가 사람을 잡네! 거지가 사람을 잡아!"

"이놈, 무슨 엄살이 그리 심한 것이냐? 네놈도 사내대장부라면……."

"으아악! 으악! 거지가 진짜로 사람을 잡는다! 거지가 선량한 사람을 죽이려고 한다!"

"누, 누가 사람을 잡았다고 그러는 것이냐? 생사람 잡지 말고 이제 그만 일어나라!"

이현의 울부짖음이 갈수록 심해지자 노육이 언제 득의만면했냐는 듯 당황한 표정이 되었다.

언뜻 보기에 그가 무공도 익히지 않은 이현을 남몰래 기습해서 심각한 중상을 입힌 것 같은 상황이 되었기 때문이다.

그렇다면 골치 아파진다.

개방의 규율상 무공을 익히지 않은 민간인을 공격하거나 남몰래 기습하는 건 중죄에 해당한다.

설혹 그것이 피치 못할 상황일지라도 방 내의 규율을 담당하는 집법장로의 처결을 받아야만 하는 것이다.

그래서 노육이 안절부절못하고 있자 장오가 얼른 그에게 소리쳤다.

"노육 형제, 뒤로 물러나시게!"

"장오 형님, 이 녀석의 간교한 간계에 넘어가지 마십시오! 이놈은 지금 사람을 속이고 있는 겁니다!"

"알았으니까 이만 물러나게! 이미 자네가 소공자를 제압하지 않았는가?"

"하지만……."

"어허, 이 사람이 내 말을 듣지 않으려는 것인가!"

장오가 언성을 높이자 노육이 시선을 위풍걸개에게 던졌다.

그가 누구의 명령을 따르는 사람인지 알 수 있는 모습이었다.

한데, 그때 상황이 다시 급변했다.

"크흑!"

노육이 숨넘어가는 비명과 함께 바닥에 쓰러졌다.

바닥을 나뒹굴고 있던 이현의 발에 하체의 중요 부위를 얻어맞고 졸도해 버린 것이다.

그리고 순간적으로 신형을 앞으로 날린 이현.

턱!

그의 손이 이번에는 위풍걸개의 멱살을 거머쥐었다.

주색을 탐하긴 하나 청양 일대에서 제일고수라 일컬어지는 낭아봉의 대가를 단숨에 제압한 것이다.

주변을 여전히 포위하고 있던 거지들의 포위진을 돌파한 것과 동시에 말이다.

"크으윽!"

"숨 쉬기가 좀 어렵나? 그럼 풀어주도록 하지."

정말이다.

이현이 제압하고 있던 위풍걸개를 놔줬다.

그의 목덜미를 놔주는 동시에 상반신의 요혈 전체를 억누르고 있던 힘 역시 거둬들였다.

그러자 곧바로 반격에 나선 위풍걸개.

부아앙!

그의 손에 들려 있던 낭아봉이 크게 춤을 춘다. 언제 숨넘어가는 소리를 냈냐는 듯 맹렬한 기세를 일으키며 이현의 머리를 향해 떨어져 내렸다.

슉!

그러나 그 순간, 이현의 발이 잠영보의 변화를 펼쳐냈고, 손은 벽운천강수의 기운을 일으켰다.

투꽉!

위풍걸개의 손에 들려 있던 낭아봉이 두 토막 났다.

그리고 이현은 장오 때와 같이 위풍걸개의 배후로 돌아들어 갔다.

주변에 있던 어느 누구도 파악하지 못하는 사이에 말이다.

'귀, 귀신! 귀신을 만났다!'

비로소 자신이 결코 감당 못할 초고수를 만났다는 걸 눈치 챈 위풍걸개의 얼굴 근육이 부들부들 떨렸다.

자신을 비롯해 현재 관제묘 안에 모여 있는 개방도 전체가 합공에 나선다 해도 이현의 상대가 안 된다는 걸 깨달았기 때문이다.

그때 이현이 그의 귓가에다 대고 나지막하게 말했다.

"이대로 끝낼까, 아니면 계속할까?"

"끄, 끝내도록 하겠소이다!"

"단지 그것뿐?"

"다시는 개방에서 숭인학관과 귀공한테 시비를 걸지 않도록 하겠소이다!"

"한 가지 더 해줘야겠는데?"

"마, 말씀하시오."

"유현장주, 나한테 넘겨."

"그, 그건……."

"싫으면 다시 처음부터 시작하던가. 그러면 아마 일이 커질 테고, 반드시 개방 총타에서 진상 파악을 위해 나서게 될 텐데, 당신 감당할 수 있겠어?"

이현은 강요하지 않았다.

그냥 협박했다.

본래 그가 가장 자신 있어 하는 항목이다.

그러자 몇 차례 눈을 굴려 보인 위풍걸개가 결국 고개를 끄덕이게 되었다.

자신을 간절한 표정으로 바라보고 있는 유현장주 유성엽의 시선을 조용히 외면하면서 말이다.

*　　　　　*　　　　　*

"으아아아아아악!"

"그래, 맘껏 소리 질러. 죽기 전에 하고 싶은 건 다 하고 가야지."

"살려주시오! 제발 살려주시오!"

"예전에 똑같은 소리를 누군가에게 들었는데 말이야. 그놈이 말한 대로 해줬더니 개과천선은커녕 제 아비한테 일러바쳤단 말씀이야."

"본인에게는 아버님이 안 계시오! 이미 수년 전에 돌아가셨소이다!"

"그러니까 일러바칠 아비가 없다?"

"그렇소이다! 그렇소이다!"

유현장주 유성엽이 연신 고개를 끄덕여 보였다.

과거 아들 유정상이 그러했듯 이현의 손에 발을 붙잡힌 채 절벽 끝에서 대롱대롱 흔들리는 상황에 정신이 절반쯤 날아간 듯싶다.

그러나 이현은 여전히 개의치 않았다.

그는 다시 유성엽을 흔들었다.

그에게서 몇 가지 원하는 대답을 받아내야만 했기 때문이다.

"내가 하나 궁금한 점이 있는데 질문해도 되려나?"

"말씀하십시오! 제발 말씀해 주십시오!"

"숭인학관이 본래 운영하던 사업체 말야. 그거 현재 너네 유현장이 많이 가지고 있더라?"

"유현장은 몇 개 없습니다!"

"그럼 어디가 가장 많이 갖고 있는데?"

"서, 성원장하고 저자에서 도박장을 운영하고 있는 흑랑방이 대부분의 사업채를 차지했습니다!"

"성원장하고 흑랑방이란 거지?"

"그렇습니다! 분명히 그렇습니다!"

"하지만 유현장도 몇 개 가지고 있잖아?"

"……"

"그거 도로 숭인학관에 돌려놔라."

"그, 그건……"

"아니면 이대로 떨어져서 그냥 피떡이 되든가."

"…으악! 으아아악!"

유성엽이 다시 비명을 터뜨렸다. 이현이 발목을 잡은 손을 이리저리 흔들자 거의 정신을 잃어버리기 직전 상태가 되어버린 것이다.

그야말로 부전자전!

그렇게 얼마 후 결국 유성엽에게 원하는 대답을 전해 들은 이현이 그를 놔줬다.

숭인학관이 유현장에 거의 헐값으로 넘겼던 몇 개 사업권을 되찾아오는 각서를 확실하게 받아 챙겼음은 물론이었다.

第七章

동패 산동악가의 악무산

숭인학관으로 돌아오는 발걸음은 가벼웠다.

품속에 보관해 놓은 각서 몇 통.

그걸 어떻게 목연에게 건네줄지만 생각하면 될 터였다.

향후 고기가 푸짐하게 놓인 상차림을 매번 맞이하게 될 테니, 그야말로 기분이 붕 떠오르는 느낌이었다.

한데, 갑자기 콧노래를 흥얼거리고 있던 이현의 발걸음이 느려졌다.

순간적인 변화다.

'재미있군. 이런 시골 마을에서 저만한 고수를 만나게 될 줄은 몰랐는데……'

이현이 내심 중얼거리고 발끝을 가볍게 움직였다.

툭!

돌멩이 하나가 튀어올랐다.

바닥에 절반쯤 박혀 있던 놈이 이현의 발끝에 부딪쳐서 하늘로 날아오른 것이다.

게다가 그건 시작에 불과했다.

패앵!

하늘로 날아오른 돌멩이가 갑자기 맹렬한 회전을 일으키며 앞으로 튀어나갔다. 길바닥에 주저앉아 바닥을 일렬로 기어가고 있는 개미 떼와 장난질을 치는 봉두난발 거지의 머리를 직격해 간 것이다.

"어이쿠!"

봉두난발 거지가 비명과 함께 고개를 옆으로 돌렸다.

아주 적절하다.

기가 막힐 정도로 정확하게 고개를 돌려서 이현이 차서 보낸 돌멩이를 피해냈다.

아니다.

착각이었다.

패앵!

순간 봉두난발 거지가 피했다고 생각했던 돌멩이가 다시 회전을 보이며 방향을 바꿨다. 고개를 돌린 봉두난발 거지의 머리로 다시 돌아들어 간 것이다.

따악!

결국 돌멩이에 머리를 얻어맞은 봉두난발 거지가 뜨악한 표정이 되었다. 설마하니 이렇게 예상을 벗어난 공격을 당할 줄은 몰랐던 게 분명하다.

그래서인가?

번뜩!

양손으로 돌멩이에 얻어맞은 머리통을 감싼 채 한동안 끙끙거리고 있던 봉두난발 거지가 이현을 노려봤다.

아무렇게나 흩날리고 있는 머릿속에서 반짝거리는 눈이 제법 매섭다.

그러나 이현은 모른 척할 뿐.

'…생각보다 젊잖아?'

내심 봉두난발 거지의 용모를 빠르게 파악해 낸 이현이 고개를 갸웃거렸다.

자신의 예상보다 젊은 봉두난발 거지의 용모에 의구심을 느꼈기 때문이다.

그때 이현을 향해 봉두난발 거지가 버럭 소리 질렀다.

"이러기냐!"

"뭘?"

"사람을 때려놓고 그냥 가려는 거냐고!"

"설마……."

"깽 값은 내놓고 가야지! 그게 사람으로서의 도리이지 않느냐!"

'…이건 또 재밌는 거지 새낄세?'

이현은 부쩍 눈앞의 봉두난발 거지에게 관심이 갔다.

처음에 생각했던 것과 계속 어긋나는 상황이 무척 흥미로웠다.

"깽 값, 어떻게 내줄까?"

"술 사줘!"

"대낮부터 술이나 퍼마시기에는 어려 보이는데?"

"갓 스물도 안 돼 보이는 너님한테 그런 말을 들을 이유는 없을 것 같은데?"

"하하, 내가 좀 동안이긴 하지."

"동안이 아니라 그냥 어린 것 같다만? 아니, 것보다 깽 값 줄 거야, 말 거야?"

"술 사주면 되냐?"

"어."

"그럼 사주지 뭐."

"진작 그렇게 나와야지!"

언제 이현을 죽일 듯 노려봤냐는 듯 봉두난발 거지가 손뼉을 치면서 활짝 웃어 보였다.

예상 밖이랄까?

얼굴은 땟국이 줄줄 흐르는 주제에 치열이 고르고 희다.

잠시 후.

청양의 저잣거리로 향한 두 사람은 가장 큰 주루에 들어가 술판을 벌이기 시작했다.

주거니 받거니…….

오늘 처음 본 사이답지 않게 이현과 봉두난발 거지는 술을 나눴다.

누가 보더라도 오늘 처음 길 가다 만난 사이처럼은 보이지 않는다.

그렇게 술판을 벌인 지 얼마나 지났을까?

얼굴이 벌겋게 달아오른 봉두난발 거지가 눈을 반짝이며 말했다.

"소형제, 그러고 보니 내 이름도 묻지 않았네. 나는 산동성에서 온 악무산이라 해. 올해로 약관의 나이가 되었지."

'산동성의 악무산? 행색을 보고 개방의 비밀 고수쯤 될 거라 생각했는데, 설마 섬서 땅에서 동패 산동악가 출신의 애송이를 만나게 될 줄은 몰랐구나!'

이현의 시선이 악무산을 바라봤다.

동패 산동악가!

과거 당당히 천하 무림을 사등분하고 있던 사패의 일원으로 현 천하제일세가 북궁세가와 견줄 만한 창과 권의 명문이었다.

악양중원무적신창!

중원 무림을 위진하는 두 가문, 산동악가와 산서성 신창양가를 뜻하는 말이다.

각기 사패 중 동패와 북패로 자리매김한 두 가문은 명실상부한 중원의 양대 창술 가문이었던 것이다.

그중 산동악가는 전통의 악가창 외에 신권이라 불리는 권법으로도 이름이 높았다.

신창양가처럼 창술과 병사 조련에만 집중하는 병가의 가문이 아니라 무림에 조금 더 가까운 위치라 할 수 있었다.

그렇다 해도 신창양가와 마찬가지로 산동악가 역시 무림의 일에 크게 간여하지 않는 걸로 유명했다.

본래 가문의 시조 자체가 송대의 명장 악비였기에 국가적인 대란이 일어나기 전에는 쉽사리 움직이지 않았기 때문이다.

그런 이유로 이현 또한 산동악가의 자제를 보는 건 처음이었다.

전날 출종남천하마검행시 산동성으로 찾아간 적은 있었으나 결국 원하던 비무를 펼치진 못했다.

갑자기 장문령을 받고 종남파로 돌아가 조사동에 갇히게 된 까닭이었다.

'흐흐, 그런데 이렇게 산동악가의 애송이를 만나게 되다니, 오늘은 정말 운이 좋구나! 제법 무공의 기본은 뗀 녀석 같으니까 이번 기회에 악가창의 맛이나 봐야겠다!'

내심 음흉하게 웃어 보인 이현이 안색을 차갑게 굳혔다.

"이 녀석, 누굴 보고 소형제라 하는 거냐?"

"응?"

"길바닥에서 동냥질이나 하고 있는 게 불쌍해서 술이나 한잔 사주러 데려왔더니, 위아래도 모르고 헛소리를 해대는구나!"

"그럼 형 하든가."

"뭐?"

"원래 나이가 뭐가 중요하겠어. 돈 많아서 술 사주면 형이지. 앞으로 형이라고 부를 테니까 술이나 많이 사주쇼!"

'이게 아닌데……'

이현은 살짝 당황했다.

악무산의 행동이 꽤나 신선했기 때문이다. 적어도 그가 아는 바로는 무림의 명문가 자제답지 않은 행동이었다.

그러거나 말거나 악무산은 천연덕스레 손을 들어서 다시 술을 시켰다.

"여기 술 좀 더 가져다주쇼!"

"그만 시켜!"

"에이, 형씩이나 돼서⋯⋯."

"네 형 되고 싶은 생각없다!"

"그럼 친구?"

"콱!"

이현이 주먹을 치켜 올리자 악무산이 움찔한 모습으로 상반신을 뒤로 물렸다.

'역시!'

이현이 냉정하게 그런 악무산을 바라봤다.

자신의 벽운천강수의 변화를 악무산이 대뜸 꿰뚫어 봤음을 눈치챘기 때문이다.

하지만 상대가 이렇게 능글맞게 나오니 별수 없다.

무림의 후배를 상대로 억지를 쓸 수는 없으니까.

"나는 숭인학관의 이현이다."

"숭인학관의 이현? 그런 문파도 있었소?"

"문파가 아니라 학관이다! 학관!"

"그러니까 그게 무슨 문파요? 내가 섬서 땅에는 초행이라 그리 아는 게 많지 않쑤다."

"무공을 배우는 문파가 아니라 학문을 익히는 학관이라고! 내가 속한 숭인학관은!"

"에!"

악무산이 진심으로 놀란 표정을 지었다.

결코 믿을 수 없다는 표정이다.

이현이 고개를 끄덕여 보였다.

"사실 나 같은 영웅호걸이 학문의 길을 걷고 있다는 게 믿겨지진 않겠지. 나 자신도 가끔 깜짝깜짝 놀라곤 하니까 말야. 하지만……."

"아니, 형씨 하곤 무척 잘 어울리오."

"…뭐?"

"형씨 하고 진심으로 딱 맞아떨어진다고. 어쩐지 무림의 인사답지 않게 얼굴도 곱상하고, 피부도 하얗더라니… 그런 것이었구먼!"

'수긍하지 마!'

내심 버럭 소리 지른 이현이 담담하게 말했다.

"술 그만 마실래?"

"형씨는 그야말로 영웅호걸의 상을 타고난 사내대장부올시다! 나 악무산은 처음 봤을 때부터 완전히 탄복하고 있었소이다!"

"그렇다고 해서 마음에도 없는 말이나 지껄이라고 한 건 아니다."

"까탈스럽기는."

"그래서 내 한 가지만 묻자."

"물어보슈."

"어째서 산동악가의 자제가 산동성에서 수천 리나 떨어진 섬서 땅까지 온 것이지?"

"그야……."

슬쩍 말을 중간에 흐리고 술을 한 모금 마신 악무산의 눈이 반짝하고 빛을 발했다.

"…곧 당대 천하제일고수를 가르는 대결이 섬서 땅에서 벌어지잖소. 나도 명색이 무림에 뜻을 둔 사내이니 평생에 한 번 볼까 말까 한 대결쯤은 직접 목도하고 싶었소."

"비검비신대회는 내년이다만?"

"호오? 학문의 길을 걷는다는 분이 지나치게 잘 아는 거 아니오?"

"섬서 땅에 살다보면 내년에 화산에서 벌어질 비검비선대회를 모르는 게 이상하게 된다."

"뭐, 하긴 그럴 수도 있겠소."

악무산이 천천히 고개를 끄덕여 보이며 다시 술잔에 손을 뻗었다.

탁!

그러나 어느새 이현이 먼저 손을 뻗어 술잔을 빼앗는다.

아직 원하던 대답을 듣지 못했기 때문이다.

"그래서?"

"그래서 살짝 중간에 새치기를 하고 싶었다고나 할까?"

"새치기?"

"내년에 벌어질 비검비선대회란 거 말요. 꼭 종남파의 마검협만 나가란 법은 없잖수?"

"종남파로 찾아가 마검협을 꺾고, 대신 화산파의 운검진인과 비무를 벌일 작정이었다?"

"뭐, 소년은 본래 꿈을 크게 꿔야 하는 법이잖아. 역시 헛꿈이었던 것 같지만."

"왜?"

"왜일까요?"

악무산이 외려 반문을 던지고 술을 더 시켜도 되겠냐는 눈빛을 던졌다. 더러운 얼굴에 봉두난발 주제에 참 강아지 같은 표정을 잘도 만들어 보인다.

"더 시켜! 아주 죽도록 시켜라!"

"역시 형이라 불러야겠네!"

"싫다."

"싫어도 형이라 할라우. 형! 형! 형!"

"그만해!"

버럭 소리 질러서 자꾸 엉겨 붙으려는 악무산을 떼어놓은 이현이 자신도 모르게 고개를 흔들어 보였다.

왠지 불안하다.

오늘부터 자신의 인생에 한 마리 거머리가 달라붙을지도 모른다는 예감이 들었다.

아주 구체적이고, 확신적으로 말이다.

*　　　　　*　　　　　*

'제길, 이럴 것 같더라니……'

이현은 완전히 곯아떨어진 악무산을 등에 업고 조심스럽게 숭인학관의 담을 뛰어넘었다.

슥!

주구장창 술타령을 하던 것과 달리 악무산의 주량은 그리 세지 않았다.

고작해야 주루 세 군데의 술통을 몽땅 거덜 내는 정도로 의식을 잃어버리고 말았다.

물론 거기에는 이현의 술수도 조금 작용했다.

그는 은연중 내력을 발휘해서 술을 마시는 족족 주정을 체외로 배출했는데, 그중 상당수를 악무산의 술잔에 담았다. 술의 정화라 할 수 있을 정도로 고순도의 주정을 그에게 몰래 마시게 만든 것이다.

그 결과가 바로 이러했다.

완전히 의식불명의 상태가 된 악무산을 길바닥에 내버리려다 이현은 마음을 고쳐먹었다.

함께 음주를 하던 중 줄곧 자신을 형이라 부르던 악무산의 강아지 같은 표정과 눈빛을 차마 외면할 수 없었기 때문이다.

'…딱 하루 만이다! 이 녀석이 깨어나자마자 쫓아낼 거라고!'

내심 의지를 불태우며 이현이 청풍채로 향했다.

그곳에 악무산을 내동댕이치고 목연에게 찾아갈 작정이었다.

품속에 얌전히 간직하고 있는 유현장주의 각서를 건네고 잔뜩 생색을 내기 위함이었다.

한데, 그가 막 청풍채 앞에 도착했을 때였다.

'날 기다렸던 건가?'

청풍채 앞을 서성대고 있는 북궁창성을 발견한 이현이 슬쩍 손을 들어 보였다.

"여어!"

"은공!"

"은공이라 부르지 말고, 사형이라 하라니까!"

"아! 죄송합니다. 사형!"

이현의 채근을 들은 북궁창성이 얼른 호칭을 수정했다.

생각해보면 틀린 말은 아니다.

두 사람은 숭인학관에서 동문수학하는 사형제가 된 셈이니까.

하지만 다시 생각해 보니 이상하다.

본래 이현보다 북궁창성이 먼저 숭인학관에 입학했다. 사형이라 불러야 하는 건 북궁창성이 아니라 이현이라 할 수 있을 터였다.

이현은 개의치 않았다.

북궁창성 역시 마찬가지다.

어차피 두 사람의 관계는 전날 청풍채에서 결정된 것이나 다름없는 것이니까.

그때 뒤늦게 이현의 등에 업혀 있는 악무산을 파악한 북궁창성이 의혹어린 표정이 되었다.

"사형, 등에 업고 있는 사람은 누구입니까?"

"술친구."

"예?"

"뭐, 그렇다기보다는 고주망태가 된 어린 녀석을 길바닥에서 재우긴 좀 그래서 데려왔어. 청풍채에서 하룻밤 재운 후에 내보낼 테니 신경 쓸 것 없어."

"그러시군요."

북궁창성이 미미하게 고개를 끄덕여 보이고 총명한 눈을 빛냈다.

"목 소저가 사형 때문에 걱정을 많이 했습니다."

"뒷간에 빠져서 죽었을까 봐?"

"아예 그렇지 않았다곤 할 수 없을 것 같습니다."

"하하!"

유쾌하게 웃어 보인 이현이 화제를 전환했다.

"북궁 사제, 혹시 성원장하고 흑랑방에 대해서 아는 게 있어?"

"성원장은 청양제일가라 불리는 곳으로 일종의 상단입니다. 청양 시내에서 사고 팔리는 대부분의 물품은 모두 성원장의 입김이 닿는다고 생각하시면 될 것 같습니다."

"흑랑방은?"

"흑랑방은 전형적인 흑도의 방파입니다. 이곳 청양은 본래 개방의 영향권이라 할 수 있는데, 특이하게도 흑랑방은 세력을 유지하고 있더군요."

"이유가 있겠군."

"딱히 관심이 없어서 조사까지 해보진 않았지만 관부 쪽에 줄을 대고 있는 거라 짐작됩니다. 그리고 아마 성원장 또한 같은 것 같고요."

"관부라……."

이현이 눈살을 살짝 찌푸려 보였다.

관부에 줄을 댄 흑도 조직.

무림을 주유하는 동안 가장 건드리기 껄끄러운 세력이라 할 수 있었다. 자칫 관부를 적으로 돌릴 수도 있는데다, 대개 정정당당함과는 아예 인연이 없는 철면피들을 상대해야만 했기 때문이다.

'…그러니 잠시 내버려 둘까? 귀찮은 일은 싫으니까.'

단순하다.

누구에게 말하기 부끄러울 것 같은 이유로 이현은 성원장과 흑랑방에 대한 관심을 접었다.

유현장에게 빼앗긴 사업권을 찾아왔으니 한동안 숭인학관의 사정은 걱정할 필요가 없어졌다는 판단을 내린 것이다.

북궁창성이 이현의 안색을 살피며 말했다.

"사형, 성원장과 흑랑방에 대해선 어째서 물어보신 겁니까?"

"혼 좀 내주려고 했지."

"예?"

"우리 숭인학관에서 운영하던 사업들을 그놈들이 잔뜩 빼어 갔더라고. 숭인학관의 학생으로서 그냥 보고 넘어가긴 그렇잖아?"

"그, 그렇긴 합니다만……."

"그런 표정 지을 거 없어. 나도 지금 당장 그놈들을 어쩔 생각을 한 건 아니니까."

"…아, 예."

"게다가 우리에겐 시험이 있잖아! 시험을 통과하기 위해서 열심히 공부해도 모자를 시간에 다른 데 신경을 쓸 순 없지. 사제도 공부, 열심히 하고 있겠지?"

"그 건에 대해서 말입니다만……."

"왜?"

"…아, 아닙니다. 밤이 깊었으니 저는 이만 물러가겠습니다."

"어!"

이현이 고개를 숙여 보이고 청풍채를 떠나가는 북궁창성을 향해 손을 흔들어 보였다.

철푸덕!

악무산을 책상 바닥에 아무렇게나 내동댕이친 이현이 인상을 슬쩍 써 보였다.

"아주 늘어졌네! 늘어졌어!"

"드르렁!"

"코까지 골아? 이 새끼 코를 아예 막아버릴까?"

"…크킁!"

이현의 말을 듣기라도 한 걸까?

늘어지게 코를 골아대던 악무산이 슬그머니 옆으로 돌아누웠다. 그렇게 코 고는 소리가 조금 잦아들었다. 정말 절묘한 변화다.

"망할 놈!"

이현이 다시 욕을 하면서도 결국 입가에 미소를 매달았다.

미운데 밉지가 않다.

처음 봤을 때부터 그랬고, 지금 역시 마찬가지다.

그러니 그냥 넘어가 주자.

퍽!

그래도 하루 새 자신이 가지고 있던 은자의 절반이 넘게 쓰게 만든 건 얄미웠다.

발을 날려 악무산의 엉덩이를 찰지게 걷어차 준 이현이 침상으로 향했다.

밤.

그렇게 점차 깊어가고 있었다.

*　　　　*　　　　*

"끙! 끙!"

유현장주 유성엽은 연신 신음을 토해냈다.

이현에게 붙잡힌 후 어떻게 유현장으로 돌아왔는지 기억조차 나지 않는다.

악몽.

말 그대로였다.

믿고 믿었던 개방의 위풍걸개가 이현에게 단숨에 박살날 줄은 상상조차 하지 못했기 때문이다.

'위풍걸개, 그 망할 거지 놈! 그동안 내게 가져간 은자가 수천 냥이나 되거늘 그런 애송이 하나 해결하지 못하다니! 아니, 아니다! 그놈은 악마다! 지옥에서 기어 나온 악마야! 그런 놈하고 얽혔으니, 내 명줄이 절반은 줄어들고 말았을 것이다! 크흐흐흑!'

유성엽은 내심 흐느꼈다.

억울하고 분해서 속이 터질 것만 같았다.

그는 어디까지나 둘째 아들 유정상이 고자가 돼서 돌아온 것에 분개했을 뿐이었다.

자식들 중 가장 영특해서 내심 가문의 이름을 물려줄 생각까지 했던 아들이 씨 없는 수박이 돼서 돌아온 것을 참을 수 없었던 것이다.

그런데 자신마저 반병신이 되도록 두들겨 맞고, 어렵사리 차지했던 숭인학관의 사업체마저 날리게 되다니!

생각하면 생각할수록 복장이 터져서 유성엽은 이불을 쥐어뜯었다.

고통과 분노로 인해 온몸이 벌벌 떨려왔다.

그때 방문이 열리며 유정상이 들어왔다.

파리한 얼굴.

발걸음에 힘이 없는 게 과연 씨 없는 수박이다.

한눈에 봐도 향후 제대로 된 남자 구실 따윈 할 수 없어 보이는 형색이다.

"아, 아버님, 괜찮으십니까?"

"누, 누구냐?"

"정상입니다."

"정상이……?"

"예."

"우어어어어어어어!"

어디서 그런 괴력이 생겨난 것일까?

방금 전까지 거의 반쯤 죽어가고 있던 유성엽이 괴성과 함께 침상에서 일어서 유정상을 덮쳐갔다.

"우악!"

"이놈! 이 죽일 놈아! 우리 유현장을 망하게 하려고 네놈이 역귀를 끌어들였지 않느냐! 어디서 무슨 짓을 했길래 그런 역귀와 얽히게 된 것이냐!"

"우으으으……."

"뭐, 뭐야? 너 싸, 쌌냐? 싼 것이냐?"

"……."

유정상이 대답도 못한 채 끅끅거렸다. 어느새 그의 아래 춤은 물기로 축축했다. 부친 유성엽이 달려드는 서슬에 놀라서 오줌을 지려 버리고 만 것이다.

털썩!

그 모습에 기력이 쪼옥 빠져 버린 유성엽이 뒤로 나자빠졌다.

귀애하던 아들의 완전히 변해 버린 모습에 화를 낼 기력마저 빠져 버리고 말았다.

그때 유정상이 이를 악문 채 말했다.

"성원장과 흑랑방에 도움을 요청하시지요."

"그들이 도와주겠느냐?"

"우리 유현장의 기업 몇 개를 내주면 되지 않겠습니까?"

"뭐야!"

"아니면 이대로 참고 넘어가시렵니까? 이 못난 아들은 몰라도 아버님께서 당한 망신은 결코 묵과할 수 없지 않겠습니까?"

"내가 망신을 당한 걸 네놈이 어찌 아느냐?"

"압니다! 그 역귀 같은 놈한테 저 역시 당했으니까요!"

"……."

유성엽이 아들 유정상을 묵묵히 바라보다 한숨과 함께 고개를 끄덕여 보였다.

유정상의 말이 옳았다.

자신까지 당한 판국에 이대론 넘어갈 수 없었다.

반드시 복수해야만 했다.

설혹 그로인해 청양에서 수백 년간 명가로 군림해 온 유현장의 가산이 뿌리 뽑히는 한이 있더라도 말이다.

*   *   *

퍽!

침상에서 일어나자마자 그때까지 대자로 뻗어 자고 있던 악무산을 걷어찬 이현이 퉁명스레 말했다.

"깬 거 아니까 당장 일어나!"

"쩌업!"

"안 일어나면 대가리를 걷어찬다!"

"박정하긴."

악무산이 투덜대며 그제야 눈을 뜨고 일어났다. 여전한 봉두난발이 더욱 제멋대로의 자태를 뽐내고 있다. 아주 봐주기 어려울 정도의 가관이었다.

"박정한 인간한테 그렇게 술을 얻어 마셨냐?"

"대형의 큰 통에 진심으로 반했수다!"

"반하지 마!"

"쳇!"

악무산이 나직하게 혀를 찼다. 이현이 생각보다 강적이란 생각이 든 것 같다.

그러거나 말거나 이현이 청풍채를 나가며 말했다.

"최소한 세수라도 하고 옷차림 정갈하게 해라. 아침밥이라도 얻어먹고 쫓겨나고 싶으면."

"쫓겨나는 거에는 변동이 없는 겁니까? 아니, 그보다 여긴 어딥니까?"

"숭인학관."

짧막한 한마디를 남기고 이현이 방문을 열고 빠져나갔다.

잠시 후.

목연을 만나서 예정된 잔소리를 듣고 옷을 갈아입기 위해 청풍채로 돌아오던 이현의 눈매가 가늘어졌다. 마침 그곳에서 빠져나오는 정체불명의 미남자와 맞닥뜨렸기 때문이다.

미남자가 이현을 향해 활짝 미소 지었다.

"형님!"

이현의 표정이 난해해졌다.

"누구?"

"저 악무산입니다! 악무산!"

"뭐?"

"어제 형님이 술 사준 산동성의 악무산이라구요! 형님! 형니임!"

악무산이 이현의 앞에서 손을 이리저리 흔들어 보였다. 그의 앞에서 팔짝거리며 이리저리 뛰어 보였다. 정말 이현이 알고 있는 한 마리 파리 같은 악무산의 모습이다.

봉두난발에 뗏구정물 가득하던 얼굴이 기절초풍할 정도의 꽃미남으로 변한 걸 제외한다면 말이다.

'게다가 저 옷은……'

"…왜 내 옷을 네가 입었냐?"

"그야 우리는 술로써 맺어진 형제잖습니까?"

"아닌데."

"그럼 빌려준 거라 치시지요. 석 달만에 목욕재개를 했는데, 그에 걸맞은 옷을 입어야 하지 않겠습니까?"

"의외로 격식을 차리네?"

"이곳은 학관이니까요."

"학관이 뭐?"

"제가 소시적에 학문에 뜻을 둔 적이 있었거든요. 무가에서 태어난 탓에 적당히 사서삼경(四書三經) 정도만 떼고 그만뒀지만요."

"호오?"

이현의 눈이 반짝거리며 빛을 냈다.

움찔!

그리고 한 걸음에 악무산 앞에 다가든 이현이 그의 잘생긴 얼굴을 요리조리 살펴보더니, 입가에 흐뭇한 미소를 지어 보였다. 어디까지나 여태까지 그를 대하던 행태와는 전혀 다른 따뜻함이 깃든 표정과 함께다.

"과연 깨끗이 씻고 보니까 눈에 안광이 가득하고, 얼굴은 구슬같이 빛이 나는 게 보기 드문 인재를 내가 몰라봤구나!"

"형님……."

"응?"

"…미쳤수?"

악무산이 진심을 담아 말했으나 이현은 굴하지 않았다. 표정 하나 변함없이 그가 화제를 돌렸다.

"배고프지?"

"예."

"가자. 식당으로!"

"해장시켜 주시는 겁니까?"

"해장, 까짓 거! 시켜주지!"

"해장에는 술 해장이 최곤데……."

"적당히 해라."

"…예."

악무산도 자신이 지나쳤다는 걸 인정한 듯 조심스럽게 대답 했다.

*　　　　　*　　　　　*

붓으로 그린 것 같은 아미.

어느새 살짝 찌푸려져 있다.

그와 함께 평상시 같이 그림 같은 자태로 오전 교육을 준비하 던 목연이 잠시 곤란한 표정이 되었다.

지난 밤.

그녀의 머리맡에 몇 통의 서신이 놓여 있었다.

감쪽같이 밤손님이 다녀간 것이다.

놀랄 만한 일이다.

처녀가 잠자는 규방에 침입자를 받은 셈이니 두렵고, 무서운 마음이 들지 않을 수 없었다.

그러나 목연은 본래 외유내강의 전형 같은 여인이었다.

그녀는 건넌방에서 잠든 할멈을 부르지 않았다.

대신 서신을 집어 들어 내용을 읽어 내려갔다.

설마 사랑을 고백하는 연서라도 놓고 간 것일까?

그렇진 않았다.

각서.

오래전 헐값에 매각해야만 했던 숭인학관 소유의 전답과 방앗간 경영권을 돌려준다는 각서다.

몇 번이나 눈을 비비며 살펴봤으나 내용에 변함은 없었다.

각서의 끝에는 유현장주 유성엽의 수결이 명확하게 남겨져 있었다.

누가 보더라도 법적 효용이 또렷해 보이는 공식 문서란 생각이 들었다.

하지만 어째서 이런 각서가 자신의 머리맡에 놓인 것일까?

아니, 그보다 누가 이런 짓을 한 것일까?

생각을 거듭할수록 목연은 머리가 아파왔다. 혼란스러운 마음에 정신이 흐트러지는 것 같았다.

그때 그녀의 눈에 이채가 어렸다.

저 멀리 콧노래를 흥얼거리며 걸어오는 이현을 발견했기 때문이다.

'혹시……'

이현이 목연을 발견하고 고개를 숙여 보였다.

"목 소저, 좋은 아침입니다. 오늘 아침에는 고기가 올라오나요?"

'…그럴 리가 없나?'

내심 고개를 흔들어 보인 목연이 살짝 안색을 굳혔다.

"어제 어찌 된 것이죠?"

"얘기를 하자면 깁니다만……."

"그 긴 얘기, 들어보도록 하죠!"

강경한 목연의 태도에 이현이 어깨를 가볍게 추어 보였다.

오래 경험해 보진 않았으나 이런 때의 목연은 상당히 고집스러웠다. 대충 넘기기 어려운 것이다.

"그냥 배가 아픈 게 아니라 배탈이 났더군요."

"그래서요?"

"그래서 저자로 나가서 의원을 찾아갔습니다. 약을 처방받은 후 돌아오려 했지요. 그런데 갑자기 한 떼의 거지들을 만나게 된 것입니다."

"……."

"이 거지들은 놀랍게도 한 명의 가련한 서생을 괴롭히고 있었기에 저로서는 의협심을 발휘하지 않을 수 없었습니다. 같은 문의 길을 걷는 사람으로서 그런 꼴은 그냥 지켜볼 수 없었던 것이지요."

"설마 그들과 싸움을 한 건가요?"

"문의 길을 걷는 사람이 어찌 동네 왈패 같은 행동을 하겠습니까? 그 무도한 거지들을 정중하게 꾸짖어서 내쫓았을 뿐입니다."

"그들이 그냥 물러갔다는 건가요?"

"예, 목 소저에게 배운 성현의 말씀 몇 줄을 말해줬더니 죄다 머리를 손으로 쥐어뜯으며 도망가더군요."

"……."

이현의 말을 집중해 듣고 있던 목연의 눈살이 살짝 찌푸려졌다.

그가 한 말이 일견 그럴듯해 보이나 달리 보면 전혀 사리에 부합하지 않는다는 생각이 들었기 때문이다.

그러나 그녀는 본래 사람의 말을 쉽사리 의심하지 않았다.

그런 행동이야말로 죄악의 첫걸음이라 생각했다.

잠시 미심쩍은 표정을 지어 보인 목연이 천천히 고개를 끄덕여 보였다.

"이 공자가 한 일은 참 훌륭한 일입니다. 그러나 수업을 무단으로 빠진 건 사실이니, 〈시경〉의 사언고시 형식으로 사유서를 써서 제출하도록 하세요."

"사, 사언고시요?"

"예, 공부자의 〈시경〉에 있는 시들을 참조해서 반드시 사언고시로 작성해야만 합니다."

"하지만 저는 시 같은 건 지어본 적도 없습니다. 시경도 완전히 읽어본 적이 없고요."

"그러니 공부해야지요."

"너무 갑자기 공부의 수준을 높이는 건 문제가 있다는 겁니다. 그러니까……."

"그럼 근체시(近體詩)로 하시겠습니까?"

"…근체시요?"

"예."

"그게 뭔가요?"

평생 처음 들어본 말이라는 표정이 된 이현에게 목연이 담담하게 설명했다.

"근체시란 남북조 시대인 제나라 무제 때 시작되어 당나라 시대에 형식의 틀이 이루어진 시가를 뜻합니다. 그 후 율시와 절구가 대량으로 나타나게 되었지요. 근체(近體), 금체(今體), 금체시로도 불리는데, 무제의 연호인 영명(永明)을 따서 영명체라고 부르기도 합니다. 이 근체시는 보통 구수, 자수, 평측, 압운, 대장(對仗) 등에 대한 엄격한 규칙이 있는데……."

"그만!"

장편 소설처럼 곧바로 강론에 들어가려 하는 목연을 이현이 소리 질러 가로막았다.

그러자 목연이 방긋 미소짓는다.

"…그럼 사언고시로 하는 걸로 결정짓지요."

"예."

불만이 가득한 표정으로 이현이 고개를 끄덕였다. 오늘 그녀에게 완패했음을 부인할 수 없을 터였다.

그때 목연의 시선에 의아한 기색이 떠올랐다.

"저 공자는……."

이현이 또 자신의 말을 듣지 않고 미리 청풍채를 빠져나온 악무산을 한차례 꼬나본 후 말했다.

"어제 제가 구해준 서생입니다."

"아!"

목연이 나직이 탄성을 발했다. 고운 얼굴 한편에 살짝 홍조가 스쳐가는 게 악무산의 꽃미남 외모에 반하기라도 한 것일까?

그런 것이 아니었다.

그녀는 반성했다.

일순간이나마 이현의 말을 의심한 걸 말이다.

악무산의 등상으로 이현의 말을 믿지 않을 수 없게 된 것이다.

그때 두 사람 사이로 다가온 악무산이 뒤통수를 긁적이며 웃어 보였다.

"하하, 형님 이곳에 계셨구나! 그런데 여기 있는 미인은 누구시우?"

"내 스승님인 목연 소저시다."

"에엣!"

악무산이 눈을 크게 뜨고 놀란 표정이 되었다. 묘령의 미녀인 목연이 이현을 가르친 스승이란 거에 깜짝 놀라지 않을 수 없었다.

그러자 목연이 정정하듯 말했다.

"저는 그저 숭인학관에서 잠시 학사 노릇을 하고 있을 뿐입니다. 어찌 이 공자의 스승을 자처할 수 있겠습니까?"

"아하! 이곳 학관에서 공부를 가르치는 분이셨군요!"

"임시로 그리하고 있습니다."

"그럼 혹시 학생을 모집하고 계십니까?"

"예?"

"저 산동성 출신 악무산, 숭인학관에 입학하고 싶습니다. 그러니 목 소저께서 입학을 허락해 주십시오!"

"……"

악무산이 꽃미남처럼 잘생긴 얼굴을 들이밀며 소리치자 목연이 당황해 입을 다물었다.

눈앞의 악무산.

그동안 숭인학관 최고의 미남자였던 북궁창성과는 완전히 다른 매력을 철철 풍긴다.

북궁창성이 당장이라도 쓰러질 것같이 가냘픈 한 떨기 백합 같은 병약미의 소유자라면, 악무산은 생생하게 아름다움을 자랑하는 장미라 할 수 있었다. 그런 눈부신 매력을 진하게 풍겨내고 있었다.

픽!

"어이쿠!"

악무산이 비명과 함께 엉덩이를 손으로 주물렀다.

어느새 다가온 이현에게 제대로 걷어차인 것이다.

툭!

그러거나 말거나 손바닥으로 그의 잘생긴 얼굴을 밀어낸 이현이 목연에게 말했다.

"목 소저, 죄송합니다. 이놈이 본래 이렇게 예의가 없지는 않았던 것 같은데……"

"내가 뭘 또 예의가 없다고 그러시우!"

"…조용히 좀 있어라!"

이현이 다시 발로 악무산을 밀어냈다. 혹시 그의 입학을 목연이 무산시킬까 봐 겁이 났기 때문이다.

목연이 한숨과 함께 말했다.

"하아! 악 공자는 어째서 우리 숭인학관에 입학하고 싶으신 건지요?"

이현의 발에서 빠져나온 악무산이 눈을 빛내며 말했다.

"그야 이곳에 형님이 있기 때문이지요!"

"형님이란 건 이 공자를 뜻하는 건가요?"

"예, 정말 좋은 형님이십니다!"

'이 공자는 정말로 악 공자를 거지 떼의 핍박으로부터 구출해 준 모양이로구나.'

내심 고개를 끄덕여 보인 목연이 담담하게 말했다.

"본래 성현께서 말씀하시길 학문을 배우고 익힘은 무릇 숨을 쉬는 것과 같아야 한다고 했습니다. 악 공자께서 학문의 길을 걷고자 하신다면 어찌 제가 막을 수 있겠습니까?"

"그럼 입학을 허락해 주시는 겁니까?"

"예, 아침 식사를 마친 후 오전 수업부터 들어오시면 됩니다."

"우핫!"

악무산이 한 손을 불끈 쥐어 보이며 환호성을 터뜨리고 이현에게 달라붙었다.

"형님, 이제 해장……."

"뒈질래?"

"…이 아니라 밥 먹으러 가시죠!"

"……."

이현이 목연을 바라보자 그녀가 천천히 고개를 끄덕여 보였다.

"아침 식사는 이미 차려놓았습니다."

"그럼."

"밥이다! 밥이다!"

이현이 목연에게 인사하는 사이 악무산이 환호성을 터뜨리며 앞으로 달려갔다.

그런데 식당이 어딘지는 알고 가는 건지 모르겠다.

과연 악무산이 다시 돌아왔다.

"형님, 식사는 어디서 하면 됩니까?"

"그냥 날 따라와라."

"예이!"

악무산이 이현의 뒤에 바짝 따라붙었다.

第八章

미인계를 펼쳐볼까 합니다!

흑랑방.

청양 일대의 흑도를 통합한 지 삼십 년이 지나가는 이 거대 조직의 수장은 거령신권패 위무진이었다.

무시무시한 무명이 말해주듯 그는 타고난 신력이 놀라운 팔 척 장신의 거인이었다.

하나 단지 그런 신체적인 특징만으로 위무진이 정파가 득세한 섬서성의 청양 일대를 장악한 건 아니었다.

오히려 그는 철탑 같은 외양과 달리 꽤나 머리가 잘 돌아가는 사람이었다.

어렸을 때부터 흑도의 밑바닥을 전전하면서 무력보다 더 중요한 건 금력이고, 그보다 위는 권력이란 점을 깨우쳤을 만큼 말이다.

관부!

관권!

그는 작은 흑도 조직을 장악하자마자 곧바로 청양 일대의 관부에 줄을 대었다. 어차피 정파 천하나 다름없는 섬서성의 무림계에서 자신 같은 흑도인이 출세하려면 관부의 힘을 빌리는 것밖엔 다른 방도가 없다는 판단을 내린 것이다.

생각의 전환!

한때 같은 흑도의 무림인들에게조차 욕먹고, 외면당했던 그의 이 방법은 곧 대성공으로 돌아왔다.

관부에서도 그 같은 흑도의 힘이 필요했고, 함께 공생관계를 유지하는 데 지대한 관심이 있었기 때문이었다.

덕분에 위무진은 빠르게 청양 일대의 흑도 조직들을 접수해 갔고, 오늘날 흑랑방이란 흑도 대방파의 주인이 되었다.

인근에 개방의 분타주인 위풍걸개가 있었으나 감히 그의 위치를 넘보지 못할 정도로 확고한 위치와 세력을 이뤘다.

그런 위무진이 지금 묘한 표정을 짓고 있었다.

유정상.

청양 일대에서는 제법 이름이 난 유현장의 둘째 아들.

그가 병색이 완연한 얼굴로 찾아와 머리를 조아리고 있었다. 문득 과거 몇 차례 그가 사고 친 뒷수습을 애들 통해 수습해 준 일이 있다는 생각이 스쳐 갔다.

"유 공자가 또 풍류를 즐긴 모양이로구만? 이번에는 문제가 좀 심각한가 보지?"

"그, 그런 것이 아닙니다."

"그런 것이 아니다?"

위무진이 검상이 나 있는 볼 살을 손가락으로 긁적이고 말했다.

"그럼 무엇 때문에 유현장의 토지 문서는 그리 잔뜩 들고 온 것인가? 혹시 유산 상속 문제 때문은 아닐 터이고……."

"아직 영존께서는 무탈하십니다. 어찌 벌써 유산 상속에 문제가 생길 수 있겠습니까?"

"…흐흐, 유현장 정도 되는 명가라면 반드시 유산 상속 문제가 생기곤 하지. 빠르든 늦든 지간에 말이야."

"그, 그때는 방주님께 다시 부탁드리도록 하겠습니다."

"언제든 말만 하시게. 유 공자와는 이미 거래를 튼 사이니까 말일세."

"그래서 말입니다만, 이번에는 방주님께서 직접 나서 주셔야만 할 것 같습니다."

"내가 직접 나서야만 한다?"

"예, 제가 가져온 토지 문서들을 보시면 아시겠지만, 의뢰비로는 부족함이 없을 것입니다."

"……."

위무진이 부근에 서 있던 총관 구지충에게 눈짓을 해서 유정상이 가져온 토지 문서를 살피게 했다.

팔랑! 팔랑!

구지충은 토지 문서를 꼼꼼하게 살폈다. 혹시 만에 하나라도 문제가 발생할 시 모든 책임을 방주 위무진인 자신에게 물을 것임을 잘 알고 있었기 때문이다.

그렇게 토지 문서의 검토를 끝낸 구지충이 위무진에게 다가와 말했다.

"유현장이 보유하고 있는 청양 지역의 옥토 절반가량입니다. 유현장이 이번에 아주 큰 결단을 내린 듯합니다."

"확실하겠지?"

"제 목을 걸겠습니다."

"흐음."

손가락으로 턱의 구레나룻을 매만진 위무진이 유정상에게 말했다.

"정말 큰 청탁을 하려나 보군. 일단 들어는 보겠네."

"감사합니다."

위무진에게 고개를 숙여 인사한 유정상이 한이 서린 표정으로 말했다.

"제 청탁은 숭인학관을 몰락하게 하는 것입니다."

"숭인학관? 그 대학사 목극연이 운영하던 학관을 말하는 건가?"

"그렇습니다."

"이유가 있을 테지?"

"그곳에서 수학하고 있는 학생 중 한 명에게 저와 아버님이 모욕을 당했습니다."

"그렇군."

위무진이 묵묵히 고개를 끄덕여 보였다.

이미 청부를 받았다.

엄청난 액수의 청부금도 미리 지급을 받았다.

딱히 자세한 이유 따월 알 이유는 없었다. 보통 이런 경우 진짜 속내를 드러내는 자는 거의 없으니까 말이다.

'하지만 본래 개방의 위풍걸개와 가까웠던 성현장에서 내게 무리까지 해가며 가져온 의뢰다. 필경 그에 합당한 이유가 있을 테지?'

내심 염두를 굴린 위무진이 구지충에게 말했다.

"유 공자가 어려운 걸음을 했으니 기루에서 일급 아이로 몇 명 데려다가 여흥을 즐기도록 하게나."

"아, 아닙니다! 그러실 필요 없습니다!"

유정상이 당황해 소리치자 위무진이 안색을 살짝 굳혔다. 본래도 무서운 얼굴인데, 더욱 무시무시해졌다.

"유 공자는 설마 우리 흑랑방이 운영하는 기루의 수준을 의심하는 것인가?"

"그, 그런 것이 아니라……."

"그럼 잔말 하지 말고 오늘은 여기 구 총관에게 맡기도록 하게나. 이래 봬도 계집을 끼고 노는 걸로는 우리 흑랑방에서 구 총관을 능가할 호걸이 없다네."

구지충이 토지 문서를 살필 때보다 훨씬 진지해진 표정으로 말했다.

"방주님의 말씀대로올시다. 딴 건 몰라도 구모가 계집에 대해선 일가견이 있소이다. 오늘 유 공자에게 한 번도 맛보지 못했던 환락을 안겨줄 테니, 지금부터 구모에게 모든 걸 맡기도록 하시구려."

"옳거니! 구 총관이 말 한번 잘했다! 오늘 유 공자는 구 총관과 옷을 홀딱 벗고 놀도록 하라고! 만약 중간에 도망이라도 친다면 나 위무진을 무시하는 처사라고 생각할 거야!"

'정말 괜찮은데… 진심으로 괜찮은데……'

유정상이 내심 중얼거리면서도 어색하게 웃어 보일 수밖에 없었다.

거령신권패 위무진!

진심으로 무서웠다.

그냥 웃고만 있는데도 온몸이 부들부들 떨려왔다.

그의 말에 연신 전력으로 맞장구치고 있는 구지충이 은근히 전해오는 살기조차 쉽사리 느끼지 못할 정도로 말이다.

*   *   *

"유정상은 고자가 되었습니다."

"고자?"

"예, 미약을 탄 술을 먹인 후 계집을 통해 확인했는데, 완전히 씨 없는 수박이 되어 있었습니다."

"유현장주는?"

"며칠 전 어디에선가 심하게 두들겨 맞고 돌아와 아직까지도 문 밖 출입을 못한다고 하더군요."

"개방의 위풍걸개는?"

"그쪽도 이상한 소문이 돌고 있었습니다."

"이상한 소문?"

"예, 위풍걸개와 풍운삼개 간에 알력이 발생했다고 하더군요. 그리고 개방 제자 몇 명이 큰 부상을 당했는데, 쉬쉬하고는 있지만 유현장주와 관련된 사건 때문이란 말이 돌고 있었습니다."

"흐음."

총관 구지충의 보고를 듣고 있던 위무진이 탁한 침음을 내뱉었다.

예상했던 것보다 좀 더 복잡하다.

아니, 그보다는 뒷골이 살짝 당겨오는 느낌이란 게 더 정확하겠다.

그때 구지충이 살짝 뜸을 들이다 조심스럽게 말을 이었다.

"한데, 조금 더 이상한 점이 있습니다."

"뭔데?"

"유현장에서 도움을 요청한 게 저희 흑랑방뿐이 아니었습니다."

"개방 거지들에게 도움을 요청했다는 거냐?"

"개방이 아니라 성원장입니다."

"성원장? 그 상인 놈들에게는 뭘 갖다 바쳤는데?"

"잘은 모르겠습니다만, 저희와 비슷한 정도가 아닐까요?"

"그렇다는 건 그야말로 유현장이 기둥뿌리를 몽땅 뽑았다는 건데……."

잠시 말끝을 흐리며 고심 어린 표정을 지어 보인 위무진이 구지충을 손짓해 가까이 오게 했다.

"…네 의견을 말해봐라."

"개방의 위풍걸개의 선에서 안 되는 일이고, 상계와 흑도. 거기다 어쩌면 관부의 힘까지 얻고자 했습니다. 제 졸견으로 그런 정도의 다방면의 힘을 동원코자 한다는 건 무림 중에 거물급 인물이나 세력이 관계된 일밖에는 떠오르지 않습니다."

"일리 있는 말이다. 하지만 그렇다면 유현장 놈들이 너무 멍청한 것이 아니냐?"

"예, 그 점이 저 역시 납득이 되지 않아서 유정상에게 앵속(아편)을 주입해 볼까 합니다."

"앵속을?"

"예, 고자가 된 놈의 입을 열려면 매질이나 앵속밖엔 없지 않겠습니까?"

"확실히 매질은 곤란하겠지."

나직한 중얼거림과 함께 위무진이 천천히 고개를 끄덕여 보였다.

"어차피 이번 기회에 유현장을 몽땅 털어먹는 것도 나쁘진 않은 일이니 한번 잘 추진해 봐라. 그리고 지금 이 순간부터 숭인학관의 모든 걸 보름 안에 파악하도록!"

"존명!"

구지충이 싱글거리며 복명했다.

이런 일, 아홉 손가락의 악귀벌레라 불리는 그가 가장 좋아하고, 잘하는 짓이라 할 수 있었다.

*　　　　*　　　　*

잠영쌍위의 첫째.

천하제일세가 북궁세가의 삼대 무력부대 중 하나인 잠영은밀대 소속의 은야검은 고민에 빠져 있었다.

북궁세가를 나서며 직속상관인 잠영은밀대주에게 직접 전달받은 밀명은 결코 북궁창성에게서 눈을 떼지 말라는 거였다.

태어날 때부터 병약했던 그에 대한 가주의 관심이 매우 크다는 걸 북궁세가의 상층부 대부분이 알고 있었기 때문이다.

그래도 마음 한편엔 서운함이 있었다.

끈 떨어진 매랄까?

북궁창성에 대한 북궁세가 사람들의 일반적인 평가였다.

그가 다시는 북궁세가로 복귀할 일이 없다고 대부분 생각하고 있었다.

그러니 그런 북궁창성의 비밀호위가 된다는 건 한마디로 한직으로 밀려났다는 의미였다.

잠영은밀대 내에서도 전도가 유망하다고 자타가 공인했던 게 잠영쌍위였으니, 은야검으로선 기운이 빠지지 않을 수 없었다.

한데, 그는 얼마 지나지 않아 자신의 판단이 틀렸음을 인정해야만 했다.

북궁창성.

그의 끊임없는 무학에 대한 열정은 보는 이를 감동시킬 정도였다.

내공 한 점 사용할 수 없는 몸으로 북궁창성은 불철주야 무학에 매진했다.

어떻게든 북궁세가 비전의 창파도법을 완성하기 위해 인간이 보일 수 있는 최고의 고련을 매일같이 감내하고 있었다.

그게 은야검의 마음을 움직였다.

같은 잠영쌍위인 둘째 월곡도에게조차 말하진 않았으나 내심 북궁창성을 응원하게 되었다.

그러던 중 급작스러운 사태가 발생했다.

어느 날 갑자기 숭인학관에 입학한 이현이란 정체불명의 인물에게 은야검과 월곡도 두 명의 잠영쌍위가 완전히 휘둘리기 시작한 것이다.

'하아! 도대체 그자의 정체가 무엇인지 모르겠구나! 항상 북궁 공자와 함께하고 있어서 몰래 제압해 추궁할 수도 없고…….'

본래 그래선 안 될 일이다.

잠영쌍위가 북궁세가를 떠날 때 잠영은밀대주에게 받은 밀명 중에 가장 중요한 것이 북궁창성의 보호와 철저한 비밀호위였기 때문이다.

그래도 은야검은 이현을 곧바로 제압하고 싶었다.

그를 남몰래 납치하고 싶었다.

그래서 그를 고문하고 다그쳐서 정확한 정체를 밝혀내고 싶었다.

그리고 싶어서 하루에도 몇 번씩 몸부림치고 있었다.

바로 지금처럼 말이다.

그때 이 같은 은야검의 내심을 읽기라도 한 것일까?

열심히 공부에 매진하고 있는 북궁창성과 옆에서 꾸벅거리며 졸고 있는 이현을 번갈아 살피고 있던 월곡도가 전음입밀로 말했다.

[역시 저자는 그냥 두고 보고만 있어선 안 될 것 같습니다.]

[하지만 우리에겐 임무가 있지 않느냐?]

[예, 임무는 항상 우선해야 할 일이지요. 하지만 북궁 공자님의 곁에 저런 정체불명의 인물을 놔둘 수는 없습니다.]

[그래서 저자를 납치라도 하겠다는 것이냐?]

[아뇨.]

살짝 기대하고 있던 은야검이 실망한 표정이 되었다.

[그럼 어찌하려고?]

[미인계를 펼쳐볼까 합니다.]

[미인계를 펼쳐? 누가?]

[제가 한 몸을 희생해 볼까 합니다. 비록 극도로 위험한 임무이지만 북궁 공자님을 위해서 최선을 다해보겠습니다.]

[너로 될까?]

[계급장 떼고 한판 붙어보시겠습니까?]

앙칼진 기운이 스멀거리는 월곡도의 목소리에 은야검이 얼른 말을 정정했다.

[미인계지! 두말하면 잔소리인 아주 훌륭한 미인계야!]

[그럼 허락하신 걸로 알고 곧바로 작전에 들어가도록 하겠습니다.]

[그런데 진행은 어찌하려는 거지?]

[마침 근래 숭인학관 주변에 흑도의 잡배로 보이는 자들이 심심찮게 출몰하더군요. 역시 가냘픈 미인이 불량하고 음탕한 잡배들한테 붙잡혀서 희롱당하는 걸로 시작하는 게 미인계의 정석이지 않겠습니까?]

[그 불량배들이 불쌍해지는군.]

[예?]

[아냐. 자네의 건승을 빌도록 하겠네.]

[믿고 맡겨주십시오! 제 처연한 미모와 연기로 반드시 저 이상한 놈의 정체를 밝혀내고 말겠습니다!]

그 말을 끝으로 월곡도의 기운이 숭인학관에서 사라졌다. 부근을 돌아다니며 흑도의 잡배를 유혹하러 떠나간 것이다.

'가만, 그럼 한동안 북궁 공자의 감시는 나 혼자 맡아야 하나?'

자신이 난감한 상황에 처하게 되었음을 깨달은 은야검이 내심 앓는 소리를 냈다.

비밀호위!

의외로 가장 힘든 건 은신과 관찰이었다.

단 한순간도 보호 대상으로부터 시선을 떼어선 안 되기 때문이다.

그리고 지금 이 순간, 그 끊임없이 상대에게 집중해야 하는 이 지겨운 임무는 온전히 은야검 혼자의 몫이 되었다.

월곡도가 자신하는 그 '미인계'란 게 성공하기 전까지 말이다.

＊　　　＊　　　＊

잠영쌍위의 둘째 월곡도.

본명은 소화영.

그녀는 오랜만에 무복을 벗고, 화사한 궁장의로 갈아입었다.

사라락!

궁장의를 걸친 채 한 바퀴 몸을 돌리자 절로 맵시가 난다.

일부러 자신만만해 하는 몸매가 드러나게끔 옷을 맞췄다.

어찌 됐든 미인계를 펼쳐야만 하니까.

'그렇다고 해서 내가 얼굴에 자신이 없는 건 아니야! 그저 무학 수련으로 단련된 잘 빠진 몸매가 더 내 매력을 드러내 줄 뿐인 거야! 그런데 미인계를 펼치다가 우연찮게 북궁 공자님과 마주치게 되면 어쩌지? 임무 중에 일어난 피치 못할 사고니까 큰 문제는 되지 않으려나? 응! 분명 그럴 거야!'

북궁창성의 병약미가 넘치는 얼굴을 떠올린 소화영의 눈이 어느 때보다 반짝거렸다.

사실 비밀호위를 하던 중 북궁창성에게 마음을 빼앗긴 건 은야검만은 아니었다.

오히려 소화영이 더욱 심했다.

여인치고는 조금 지나칠 만큼 건강미가 넘치는 그녀에게 있어 북궁창성의 병약미는 동경, 그 자체였기 때문이다.

첫눈에 반한다!

그런 신기한 현상을 소화영은 북궁창성을 보자마자 경험했다. 그를 비밀호위하기 시작한 첫 번째 날부터 줄곧 마음속 사랑을 키워오게 된 것이다.

하지만 소화영은 그 같은 자신의 애절한 사랑을 여태까지 그냥 마음속 깊숙이 간직하고 있어야만 했다.

겉으로 드러낼 수 없었다.

비밀호위로서의 책임감이 그녀의 사랑을 거대한 벽처럼 가로막고 있었다. 그렇게 잠영은밀대 최고의 왈가닥이자 여장부인 소화영의 첫사랑은 시작도 해보기 전에 끝날 것만 같았다.

분명 그랬다.

한데, 갑자기 기회가 왔다.

이현.

느닷없이 북궁창성 앞에 등장한 괴인물.

그는 등장과 함께 잠영쌍위 모두를 혼란에 빠뜨리게 만들었다. 그와 관련된 모든 사항을 잠영쌍위는 불가사의하게도 계속 파악할 수 없었기 때문이다.

거짓말처럼 항상 그런 일이 반복되었다.

어떤 짓을 하던 결과는 동일했다.

그래서 오늘 소화영은 그 점을 들어 은야검을 설득했고, 결국 비밀호위의 책무를 넘어선 작전에 직접 나서게 되었다. 물론 속에 담긴 본마음은 어디까지나 북궁창성과 직접 대면할 기회를 잡는 것이었지만 말이다.

사심!

대놓고 그렇다.

소화영은 자신의 사적인 욕심을 이번 기회에 확실하게 채울 작정을 하고 있었다.

'그럼 가볼까?'

다시 한 번 자신의 완전히 달라진 외모를 꼼꼼하게 살핀 소화영이 콧노래를 흥얼거리며 걸음을 옮기기 시작했다.

*   *   *

"으아아아아아!"

학당을 벗어나며 이현은 있는 힘껏 기지개를 켰다.

환골탈태 후 절세의 경지에 도달한 무학!

솔직히 전설상에 언급되는 천지교태의 경지도 이젠 그리 멀지 않은 것 같다.

그런 느낌적인 느낌을 느끼고 있었다.

하지만 그런 것 따위는 글공부와는 전혀 관련이 없었다. 육체적으로 신선 같은 능력을 지닌 것과 공부 머리와는 아무런 관련이 없었다. 적어도 이현에게는 그러했다.

"배고프다! 머리를 너무 많이 썼더니, 배가 등짝에 달라붙어 버렸어!"

"머리를 많이 써서가 아니라 지나치게 많이 주무셔서 그런 게 아니고요?"

"누가 잠을 많이 자!"

"제 앞에 기지개를 켜면서 걸어가고 계시는 분이요."

연속적으로 딴죽을 걸어오는 악무산을 향해 이현이 싸늘한 눈빛을 던졌다.

"언제 날 따라오라고 했냐?"

"언제는 제가 형님의 동의를 구하고 따라다녔나요?"

"그게 더 기분 나빠!"

"어쩔 수 없습니다. 형님이 제게 술을 사준 게 잘못이니까요."

"뻔뻔하긴!"

"제가 본래 좀 그렇수다. 그런데 북궁 동생은 또 남아서 복습하는 겁니까?"

"열심히 해야지! 초시가 얼마 남지 않았으니까!"

주먹까지 살짝 쥐어 보이며 목청을 높이는 이현을 악무산이 묘한 표정으로 바라봤다. 뭔가를 극도로 의심하는 것 같은 시선도 빼놓지 않는다.

"왜 그렇게 봐?"

"찔리시는 거 없습니까?"

"없는데."

"흠."

"뭐가 흠이야! 그리고 넌 왜 북궁 사제처럼 남아서 복습하지 않는 거냐!"

"초시 때문에 공부를 더 하라고요?"

"당연하지! 네놈도 나만큼이나 평소에 글공부하곤 담을 쌓지 않았느냐?"

"에이! 그거야 할 이유를 찾지 못해서지요."

"그렇게 자신 있냐?"

"물론이죠. 초시 정도의 시험은 눈을 감고도 통과할 수 있는 게 나 악무산이 올시다. 뭐, 떨어지면 떨어지는 대로 마는 거고요. 크캇캇캇!"

'좋겠다!'

이현이 진심을 담아서 만사태평인 악무산을 바라봤다. 그가 숭인학관에 입학한 이유가 내년에 있을 비검비선대회 때까지 시간을 죽이기 위함임을 알고 있었기 때문이다. 물론 자신이 꼬신 것도 있지만.

그때 악무산이 이현에게 쪼르르 다가와 그의 어깨에 팔을 올렸다.

"형님, 수업도 끝났고 하니, 함께 마실이나 갑시다!"

"술 사달라고?"

"바로 그겁니다! 목 소저는 학식도 탁월하고 음식 솜씨도 좋긴 한데, 너무 사람이 건강해요! 음식이란 게 좀 몸에 나쁜 것도 팍팍 넣고 해야 맛이 좋아지는 건데……."

"쓰레기 같은 놈!"

"…그 쓰레기가 형님을 무진장 존경하고, 사랑한다는 거 아닙니까?"

"됐거든."

이현이 차가운 한마디와 함께 악무산의 팔을 자신의 어깨에서 치워 버렸다.

툭!

간단한 동작.

겉으로 보기엔 분명 그렇다.

그러나 순간 악무산의 잘생긴 얼굴에 가벼운 긴장이 스쳐 갔다. 이현이 자신의 팔을 치워 버린 동작의 변화를 전혀 간파할 수 없었기 때문이다.

'역시 흥미로운 인간이야! 도대체 얼마나 강한지 당최 가늠이 안 되니 말이야!'

화산으로 향하던 악무산이 이곳, 청양의 숭인학관에 머문 진짜 이유다.

그는 이현이 궁금했다.

잠깐 간만 본 것에 불과한 그의 진짜 무학 실력을 직접 확인해 보고 싶었다. 그게 화산의 천하제일인 운검진인을 만나보는 것보다 더욱 시급하단 판단이었다.

그때 이현이 고개를 살짝 갸웃거렸다.

서유기에 나오는 하늘의 천장이나 제천대성처럼 18만 리 저편의 소리라도 들으려는 것일까?

비슷하다.

이현은 숭인학관에서 족히 수백 장은 더 떨어진 관도에서 일어나고 있는 소요에 주목하고 있었으니까.

'흔한 부녀자 희롱은 아닌 것 같고. 무슨 의도로 이런 짓을 벌이는 건지 확인이나 해보러 갈까?'

사실은 몸이 근질거려서다.

글공부로 쌓인 몸속의 체증을 적당히 풀어줄 필요성을 느꼈다.

"나 잠깐 다녀오마."

"예?"

갑자기 허를 찔린 악무산의 눈이 동그래진 것과 동시였다.

슉!

이현이 바람으로 변했다.

발끝으로 지축을 박차며 종남파 신법 중 가장 빠른 은하유영비(銀河遊影飛)를 펼친 것이다. 스스로 자부하길 산동악가의 미래를 양 어깨에 짊어졌다던 악무산조차 종적을 파악하지 못할 정도의 속도로 말이다.

"뭐야아아아아!"

악무산이 뒤늦게 소리를 질렀다. 어처구니가 없는 현 심정을 그렇게밖엔 표현할 길이 없었다.

　　　　　*　　　　　　*　　　　　　*

　적당히 무서워 보이는 외양.

　피가 묻어도 티가 잘 안 나는 검은 복색.

　가슴팍에 보란 듯이 수놓아져 있는 검은 늑대.

　만약 총관 구지충에게 숭인학관에 대한 조사 명령을 내린 거령신권패 위무진이 본다면 바로 뒷목을 잡았을 터였다. 누가 보더라도 지금 숭인학관으로 몰려가고 있는 십어 명의 무사들은 흑랑방도가 분명하기 때문이다.

　그럼 그들은 어째서 이렇게 뻔뻔할 수 있는 것일까?

　사실 뻔뻔해서가 아니었다.

　꼬임.

　젊고 예쁜 여인에게 그들은 한꺼번에 홀렸다. 은밀하게 숭인학관 주변으로 이동하던 중 만난 묘령의 궁장 미인(?)에게 농락을 당했다.

　"망할 년, 이번에 만나면 반드시 찢어죽이고 말 것이다!"

　"에이, 찢어 죽이실 때 죽이더라도 재미는 봐야지요!"

　"그렇습니다! 이렇게 우리를 고생시켰으니, 반드시 계집으로 태어난 기쁨 정도는 확실하게 맛보게 해줘야지요!"

　"암요! 비록 괘씸한 계집이지만 죄를 갚을 기회 정도는 주는 것이 우리 흑도 대장부들의 호연지기라고 할 수 있을 것입니다!"

　"흠, 호연지기라……."

　흑랑방 총관 직속 부대인 흑랑탕자의 대장인 혈랑(血狼) 구망이 이를 슬쩍 드러내며 웃어 보였다.

자기가 데리고 다니는 놈들이지만 참 마음에 든다.

하나같이 호쾌한 말종들이라 이심전심이 무척 쉬웠다.

한데, 갑자기 세상이 끝날 때까지 떠들어댈 것 같던 흑랑탕자들이 일제히 입을 다물었다. 그리고 대장 구망을 향해 눈짓을 해 보인다.

"…뭔데?"

구망이 그들의 눈짓을 따라서 시선을 던지다 표정이 미묘하게 변했다.

여인.

정확히는 한 식경 전 그들의 앞에 나타나서 몇 번이나 분탕질을 친 궁장의 차림의 늘씬한 미인이 갑자기 나타났다. 처음 모습을 보였을 때처럼 뜬금없이 말이다.

그녀는 관도 한편에 놓여 있는 넓고 평평한 바위 위에 앉아서 늘씬한 다리를 까닥거리고 있었다. 마치 누군가를 대놓고 유혹이라도 하려는 것 같은 모습이다.

'꿀꺽! 역시 몸매 하나는 끝내주는 년이로다!'

내심 마른 침을 한차례 삼킨 구망이 바로 명령을 내렸다.

"잡아!"

"우오!"

"우오오오!"

흑랑탕자들이 언제 말을 멈추고 눈치를 봤냐는 듯 늑대 떼가 울부짖는 듯한 괴성과 함께 궁장 미인을 덮쳐갔다.

이번엔 단단히 마음먹었다.

그 어떠한 눈치도 보지 않을 작정이었다.

확실하게 눈앞의 궁장 미인을 붙잡아다가 단단히 참교육(?)을 시켜줄 생각이었다.

'흥! 새끼들 예쁜 건 알아서 껄떡대기는!'

늘씬한 각선미를 자랑하고 있는 궁장 미녀.

잠영쌍위의 둘째 월곡도 소화영이 내심 코웃음 쳤다.

처음 생각했던 것보다 훨씬 수준이 떨어지는 놈들이랄까?

그녀가 파악한 눈앞의 흑랑텅자들은 무림인으로 치자면 고작해야 삼류였다. 제각각 무공의 기본은 어느 정도 익힌 것 같지만 제대로 칼질이나 할 줄 아는 자는 두엇에 불과할 듯싶었다.

당연히 무시하는 마음이 생길 수밖에 없다.

마음껏 깔보면서 제멋대로 희롱해도 부족함이 없다는 판단이었다.

'하지만 아직 숭인학관과 거리상 차이가 있으니 조금 더 연기를 해야 하려나? 정말 가냘픈 궁장 미녀 역할을 하는 것도 쉽지 않은 일이로구나!'

진짜다.

소화영은 무척 힘들었다.

자꾸만 힘이 들어가려는 주먹과 다리.

그리고 자연스럽게 상대방의 사혈과 중혈을 타격하려는 본능을 참기란 흡사 산고를 겪는 산부를 방불케 했다. 간단히 풀어서 아주 많이 참고 있다는 뜻이다.

물론 현실은 인고의 연속이었다. 자기 하고 싶은 대로 하면서 살 수 있는 사람은 거의 없었다.

"어맛!"

소화영이 다시 발연기를 작열하며 파르르 몸을 떨었다. 자신을 빠르게 포위해 오는 흑랑탕자들을 향해 가냘픔을 있는 힘껏 드러냈다.

그러나 이미 그녀의 발연기에 몇 번이나 속은 적이 있었던 흑랑탕자들이다.

그들이 무공이 삼류지 눈치도 삼류는 아니다.

"저년이 또 수작을 부리려 한다! 절대 한눈팔지 말고 포위해서 한꺼번에 덮쳐 들어라!"

"우오!"

"우오오오!"

대장 구망의 시의적절한 명령에 흑랑탕자들이 다시 늑대 울음소리를 냈다.

사삭!

사사사삭!

그리고 그대로 따라한다.

순식간에 그들은 대적을 상대하는 것처럼 소화영이 앉아 있던 바위를 포위했다. 손에 검이나 대도, 도끼 등을 든 채로 속도까지 늦췄다. 이번에도 소화영을 놓치느니 아예 난도질해서 죽여 버리겠다는 야욕을 대놓고 드러낸 것이다.

第九章

승인학관의 새로운 하녀

물론 진짜는 아니다.

겉으로만 그랬다.

여전히 소화영을 향한 흑랑탕자들의 탐심은 활활 불타오르고 있었다.

'꿀꺽! 저 다리 봐라!'

'아이고, 미치겠구나!'

'정말 보면 볼수록 사람을 미치게 하는 계집이야!'

흑랑탕자들이 내심 침을 삼키며 점차 소화영에게 접근해 갔다.

한데, 바로 그때다.

툭!

'응?'

팽!

'헉!'

퍼퍽!

느닷없이 들려온 기괴한 소음과 함께 흑랑탕자들이 연달아 바닥을 나뒹굴었다. 각기 다른 형태의 타격을 당해 단말마조차 내지르지 못하고 쓰러져 버린 것이다.

"이게 무슨……?"

뒤에서 군침을 삼키며 부하들이 소화영을 붙잡아오길 기다리고 있던 구망의 눈이 한껏 커졌다. 갑자기 흑랑탕자들에게 벌어진 일련의 일들이 뭘 의미하는지 이해할 수 없었기 때문이다.

잠시뿐이었다.

곧 그는 확실하게 깨닫게 되었다.

툭! 툭!

'…어떤 상놈의 새끼가 감히 내 몸에 손을 대!'

구망이 자신의 어깨를 두들기는 손짓에 짜증을 내며 고개를 돌리다 눈이 동그래졌다.

그의 바로 코앞.

생판 처음 보는 젊은이가 빙그레 미소 짓고 있었다. 평생 바깥 일 따윈 해본 적이 없을 것 같은 하얀 얼굴에 이목구비가 또렷한 것이 전형적인 서생이나 학사 같다.

나이는 한 십대 후반이나 스물 정도?

한데 입이 거칠다.

"어디서 온 쓰레기들이 감히 내 구역에서 뻘 짓을 벌이고 있는 거냐?"

"쓰, 쓰레기? 내, 내 구역?"

순간적으로 가슴 깊숙한 곳에서 치솟아 오른 분노로 인해 구망은 잠시 중요한 걸 잊어버렸다.

어떻게 흑랑방에서도 꽤나 순위권에 드는 무력을 지닌 그의 이목을 지척까지 상대가 숨길 수 있었는지에 관한 사항 말이다. 그거 아주 중요한데!

"이 애송이 새끼가 뒈질라고!"

"이거, 머리까지 나쁜 쓰레기일세."

"뭐야!"

구망이 분노성과 함께 여전히 눈앞에 빙글거리며 서 있는 약관의 학사를 향해 주먹을 날렸다.

흑호투심(黑虎鬪心)!

그가 자랑하는 절초다. 웬만한 무림인이라 해도 제대로 얻어맞으면 단숨에 숨통이 끊긴다. 그만한 위력이 담긴 회심의 일격이었다.

퍽!

그러나 이번에는 사정이 달랐다.

약관의 학사.

얼마 전 숭인학관 내를 거닐다 단숨에 삼백 장이 넘는 거리를 뛰어넘어 온 이현은 구망의 흑호투심을 맨몸으로 받아냈다. 심장이 위치한 부위에 정확하게 일격을 받아냈다. 태연자약하게 말이다.

그리고 얼이 빠진 구망의 머리에 꿀밤 한 대!

딱콩!

"우왁!"

구망이 단말마의 비명과 함께 바닥에 쓰러졌다. 이현의 꿀밤 한 대에 머리가 뇌진탕을 일으켜서 정신을 잃어버리고 만 것이다.

"대장!"

"대장님!"

주변의 흑랑탕자들이 일제히 소리 질렀다. 그들이 보기에 대장 구망은 이현에게 암습을 당한 게 분명했다. 어떻게든 대장을 구해내야만 했다.

하나 이현이 그냥 놀고만 있을 리 만무하다.

슉!

픽!

스슉!

퍼픽!

스스슉!

퍼퍼퍼퍼픽!

순간적으로 무영공공보(無影空空步)을 펼치며 주변을 자신의 그림자로 가득 메운 이현에 의해 흑랑탕자들이 단숨에 쓸려 버렸다.

종남파 보신경중 가장 심한 변화를 보유한 무영공공보로 고속 이동을 하며 태을신수(太乙神手)로 때리고, 회심퇴로 걸어찼다.

극히 짧은 순간!

그런 식으로 남아 있던 흑랑탕자 모두를 제압한 것이다.

그러자 깜짝 놀라 버린 건 소화영이었다.

'분명 숨겨놓은 실력이 있을 건 알고 있었지만 이건… 예상을 완전히 뛰어넘는 초고수잖아!'

초고수.

최소한 화경의 경지로 일컬어지는 초절정급 이상의 고수란 뜻.

그렇다면 조금 위험하다.

미인계.

그런 것도 뭔가 틈이 있는 사람한테나 쓸 수 있다. 이현 정도 되는 초고수한테는 괜스레 꼬투리나 붙잡히기 십상이었다.

'그냥 다 포기하고 잠수 탈까?'

소화영이 진지하게 고민에 빠졌을 때였다.

슥!

순식간에 상황을 종결시킨 이현이 불쑥 소화영 앞에 다가들었다.

"우왓!"

불시의 기습을 당한 꼴이 된 소화영이 자신도 모르게 비명을 터뜨렸다. 방금 전 흑랑탕자들에게 포위되었을 때 보였던 태연자약한 모습과는 사뭇 달라진 행태다.

그러거나 말거나 이현은 개의치 않았다.

"뭘 그렇게 놀라?"

'침착! 침착!'

얼른 마음을 안정시킨 소화영이 재빨리 소매를 들어 얼굴 반면을 가렸다.

"가, 감사합니다. 소협 덕분에 불한당들한테 봉변을 당할 뻔한 위기를 넘길 수 있었사옵니다."

"봉변은 오히려 그 불한당들이 당할 뻔한 것 같은데?"

"예? 그게 무슨……?"

"이런 얘기지. 뭐."

이현이 굳이 말로 표현하지 않고 불쑥 손을 내밀었다. 종남파 유일의 금나수인 천두대구식(天斗大九式)!

대신 동작에 변화를 줬다.

속도 역시 평소보다 훨씬 늦췄다.

어디까지나 소화영을 제압하는 게 목적이 아니라 그녀의 진실된 실력을 파악하고자 함이었기 때문이다.

"헉!"

소화영이 충실히 이현의 의중에 부응했다.

헛바람을 들이키는 듯한 신음과 달리 그녀는 재빨리 상반신 전체를 흔들며 수장을 교차시켰다.

십자파쇄수(十字破碎手)!

북궁세가 비전의 수공으로 방어에 들어간 소화영의 양손이 기쾌하게 위, 아래로 이동했다. 그렇게 함으로써 이현의 천두대구식이 만들어낸 금나로부터 벗어나려 했다.

하나 곧바로 그녀의 십자파쇄수가 파괴되었다.

뚜둑!

소화영의 손목이 꺾였다.

반대편으로 순식간에 휘어져 나갔다. 그렇게 곧바로 완혈까지 제압되고 마는가?

아니다.

빙글!

소화영이 얇은 허리를 뒤로 가볍게 젖혔다. 곡예나 다름없는 동작으로 자신의 몸 중심을 이동시켰다. 그리고 발끝으로 지축을 강하게 차올린다.

패앵!

이현의 천두대구식에 붙잡혀 꺾여 나간 손목의 각도를 따라 소화영이 이동했다.

빠르게 따라잡았다.

이어 다시 허리의 탄력을 강하게 주자 어느새 반대편으로 신형을 돌린다.

파파파파파파팟!

족영.

십여 개가 연달아 이현의 머리 위로 떨어져 내린다. 순식간에 그의 상반신 전신을 모두 공격권하에 가둬 버린다.

'제법인걸?'

이현의 눈에 이채가 어렸다.

생각 이상이다.

소화영의 대응이 말이다.

그러나 그녀와 이현 사이의 무공 격차는 대해와 같았다. 거센

풍파가 치는 대해를 넘는 것만큼의 차이가 존재했다.

툭!

이현이 자신을 노리며 파고든 소화영의 족영 중 하나를 골라 손가락을 가볍게 가져다댔다.

때린 게 아니다.

그냥 동작의 한 부분을 만져줬을 뿐이다.

"우악!"

그것만으로 충분했다.

소화영이 비명을 터뜨리며 바닥을 나뒹굴게 하는 데는 말이다.

발라당!

진짜로 엉덩이로부터 화끈하게 바닥에 내동댕이쳐진 소화영이 어이없는 표정으로 이현을 올려다봤다.

완패!

더 이상 논할 것도 없을 정도의 패배다. 짧은 순간 최선을 다해 반격을 가했음에도 이렇게 되었다. 어쩌다 이런 결과를 맞이하게 되었는지조차 모르겠지만 말이다.

'뭐, 이런 괴물이 다 있어!'

입만 벌린 채 어떤 말도 하지 못하는 소화영을 향해 이현이 피식 웃어 보였다.

"제법 쓸 만한 반격이었다."

"……."

"하지만 얼굴에 한 화장은 지워 버리는 게 어떨까?"

"화장한 여자 싫어해요?"

"아니."

"그럼 왜?"

"그쪽이 한 화장이 싫어. 끔찍할 정도로 못했거든."

"그 말은 화장 때문에 본래의 미모가 손상됐다는 건가요? 분명 그런 말이겠지요?"

"아니. 그냥 내가 한 말 그대론데."

"그렇게 부끄러워할 거 없어요. 나 같은 천연 미녀를 만나면 대부분의 사내들은 다 그런 마음이 되니까요."

"……."

이현이 어떤 집념 같은 것이 느껴지는 소화영의 태도에 잠시 입을 다물었다. 왠지 건드려선 안 되는 영역을 제멋대로 손댄 듯한 위기감을 느꼈기 때문이다.

잠시뿐이다.

곧 이현이 소화영의 집념을 무시하고 화제를 돌렸다.

"왜 갑자기 쓸데없는 짓은 하게 된 거야?"

"예?"

"순진한 척은 그만하고. 나는 네가 북궁 사제의 비밀호위란 걸 이미 알고 있으니까. 다른 한 명과 함께 말이야."

"……."

소화영이 얼른 딴청에 집중했다. 이현이 한 말을 아예 듣지 않은 것처럼 행세하기 시작한 것이다.

그리 오래가진 못했다.

이현이 쐐기를 박아버렸기 때문이다.

"안 되겠군. 나랑 북궁 사제한테 가서 대질을 하도록 하자!"

"안 돼요!"

'흐흐, 걸려들었다!'

내심 웃어 보인 이현이 일부러 퉁명스레 말했다.

"그럼 다 털어놔!"

"그, 그건……."

"계속 빼면 내가 피도 눈물도 없는 사람이란 걸 알게 될 거야."

"…이미 그런 사람이란 걸 알겠네요."

소화영이 이현을 원망스레 바라보다 입술을 불쑥 내밀었다. 완전히 오산이었다. 이런 여인의 진실한 아름다움조차 알아보지 못하는 인간을 상대로 미인계를 펼치려 했다니 말이다.

그러나 이미 상황은 종결이었다.

전력을 다하고도 완패했으니, 이젠 백기투항하는 수밖에 없었다.

이보 전진을 위한 일보 후퇴!

일단 그런 거라고 생각하기로 했다.

＊　　　　＊　　　　＊

목연의 눈에 이채가 어렸다. 숭인학관의 대문을 막 들어서고 있는 이현과 소화영을 발견했기 때문이다.

'이 공자는 또 밖에 나갔었구나! 그런데 뒤따라오는 소저는 누굴까? 인근에서 본 적이 없던 아름다운 소저인데…….'

이현 역시 목연을 발견했다.

"목 소저, 마침 잘됐습니다."

"이 공자, 먼저 해야 할 일이 있을 텐데요?"

"예?"

"흠! 흠!"

목연이 어색한 헛기침과 함께 이현에게 눈짓을 해 보였다. 소화영을 먼저 소개해야 한다는 걸 은연중 일깨워 준 것이다.

이현이 바로 알아들었다.

"여기 있는 소저의 이름은 소화영으로 오늘부터 목 소저를 도와 숭인학관에서 잡일을 할 하녀입니다."

'하녀?'

소화영이 이현을 노려봤다. 애초에 숭인학관 내에서 합법적으로 활동하게 해달라고 부탁하긴 했지만 하녀가 되겠다고 말한 적은 없었기 때문이다.

그러나 이현은 개의치 않고 말을 이었다.

"본래 이가장과 친분이 있던 집안의 딸인데, 근래 가세가 기울어서 저를 찾아왔더군요. 입 하나라도 더는 게 중요하다고 하기에 제가 염치불구하고 데려왔습니다."

"사정이 정말 딱하게 되었군요. 하지만 우리 숭인학관은 하녀를 새로 둘 형편이 안 되는데……."

"그냥 밥만 먹여주세요!"

"…예?"

"제가 이래 봬도 힘이 장사라 나무도 잘 패고, 힘쓰는 일은 무엇이든 자신 있습니다! 집으로 돌아가면 기루로 팔려갈지도 모르니 부디 아가씨께서 자비를 베풀어주세요!"

'기루로 팔려갈지도 모른다니… 설마 그래서 얼굴에 저렇게 어색한 분칠을 한 것일까? 본래는 무척 예쁜 소저인데 정말 안됐구나!'

목연이 놀란 표정으로 소화영을 바라봤다.

확실히 그녀가 보기에 눈앞의 소화영은 제법 빼어난 미모를 지니고 있었다.

얼굴의 이목구비가 시원했고, 팔다리도 길쭉길쭉한 게 전통적인 북방계 미녀라 할 수 있었다. 얼굴의 아름다움과 함께 고루고루 미녀라 불릴 수 있을 만한 요건을 제대로 갖췄다고 할 수 있을 터였다.

한마디로 타고난 그릇이 훌륭했다.

그런 면에서 옥의 티 같은 어설픈 화장술은 오히려 귀여웠다. 순진함의 상징같이 여겨졌기 때문이다.

'아버님께서는 항상 모든 선한 가치 중에 사람이 우선이라고 하셨다. 오늘 기루로 팔려갈 위기에 빠진 여인을 구해줄 수 있다면 내 비록 아녀자이나 어찌 성현의 말씀을 따르고, 군자의 길을 걷는 것이 아닐 수 있겠어?'

내심 마음을 굳힌 목연이 소화영에게 다가가 다정하게 손을 잡아줬다.

"언니, 저는 이곳 숭인학관의 목연이라 해요. 앞으로 잘 부탁드리겠어요."

"언니? 목 소저 나이가 어떻게 되지요?"

"저는 올해로 스물하나입니다."

"그렇지요? 호호, 그럼 우리는 동갑이네요! 동갑!"

동갑이란 말에 힘을 싣는 소화영의 눈매가 살짝 가늘어졌다. 목연이 일부러 자신의 나이를 높였다는 의심을 품었기 때문이다.

그러나 목연은 그저 웃음으로 대응할 뿐.

"그렇군요. 그럼 우리 친구하도록 하지요."

"친구, 좋죠! 그렇게 하도록……."

얼른 맞장구를 치려던 소화영이 이현의 묵직한 시선을 받고 얼른 말을 돌렸다.

"…하긴 곤란하지요. 어디까지나 저는 숭인학관에 하녀로 들어온 거니까요."

"하녀라니! 그렇게 생각하지 말아주세요."

"아니요! 어디까지나 위계란 건 중요한 일이니까요. 앞으로 절 화영이라 불러주세요. 저는 목 소저를 아. 가. 씨라 부르도록 할 테니까요."

"정말 그러실 필요는 없는데……."

"거기까지!"

살짝 목청을 높여서 목연의 말을 끊은 소화영이 강하게 고개를 끄덕여 보였다.

"나는 하녀! 목 소저는 아가씨! 그걸로 결정된 거예요! 더 이상 딴말하기 없기!"

"…예."

소화영의 박력에 떠밀린 목연이 역시 고개를 끄덕여 보였다. 이렇게까지 상대방이 나오는데 계속 자신의 주장을 되풀이할 순 없다는 판단이었다.

그러자 이현이 박수를 치며 즐거워했다.

"하하, 됐다! 됐어! 이제 밥만 먹으면 되겠구만!"

"밥은… 없어요."

"에엣!"

이현이 언제 박장대소를 터뜨렸냐는 듯 놀라 목연을 바라봤다.

그러나 목연의 태도는 단순명쾌!

"이미 식사 시간은 끝났어요. 학관의 규칙상 식사 시간을 넘긴 학생은 굶는다고 되어 있다는 걸 이 공자도 알고 있지 않나요?"

"하지만 이번에는 피치 못할 사정이……."

"규칙은 규칙! 만약 대과 급제를 한 후 국가의 국정을 논해야 할 분이 국가대사를 명확한 잣대 없이 사적인 이유로 농단한다면 어찌 문제가 되지 않겠습니까?"

"…그래도 법에도 눈물이란 게 있고, 사정이란 게 있지 않습니까?"

"법가의 엄격한 율법에 대한 유가의 도리를 논하고자 하시는 건가요?"

"그렇습니다! 우리는 공맹을 배워 익히는 유가의 제자이지 않습니까? 한비자의 법가 따위에 굴해서야 어찌 체면을 유지할 수 있겠습니까?"

"개인이 아니라 유가 전체의 체면을 말씀하셨군요."

"그렇습니다! 개인이 중요한 게 아니라 유가 전체의 체면이 중요한 법이지요!"

"좋습니다. 그럼 내일까지 법가의 율법론을 혁파할 수 있는 유가의 도리에 대해 공부해 오세요. 내일 수업은 이 공자의 발표로 시작하도록 하겠습니다."

"예?"

"이 공자는 자신이 없는 건가요?"

"그, 그런 건 아니지만……."

"대신 그때까지 오늘의 논쟁의 결론은 내려진 게 아니니, 일단 제가 내세운 규칙은 유예토록 하겠습니다."

"…그렇다는 건?"

"아직 밥과 찬이 남아 있을 테니, 식당에 가서 식사하도록 하세요."

"오옷!"

이현이 대승리를 거둔 장수처럼 환호성을 터뜨렸다. 밥을 굶는다는 건 그로선 상상조차 하기 싫은 일이었기 때문이다.

법가의 율법론?

유가의 도리?

그딴 건 이미 머릿속에서 깨끗이 사라졌다. 일단 밥을 굶지 않게 된 것만으로 매우 행복했다.

반면 소화영은 경이의 감정을 담아 목연을 바라보고 있었다.

'와! 저 괴물을 완전히 가지고 놀고 있잖아?'

그녀 역시 무가의 무사다.

학문?

그딴 거 깊이 생각해 본 적도 없었다.

그냥 딴 세상의 일이었다.

그러니 이현과 목연의 대화에 큰 관심도 없었고, 특별한 고려의 대상조차 되지 않았다. 그냥 주마간산(走馬看山) 식으로 지켜보고 있을 뿐이었다.

하지만 기세란 게 있다.

무인 간의 대결 전!

촌각이나 다름없는 순간, 고하가 결정될 때 발출되는 기의 흐름 말이다.

그걸 소화영은 이현과 목연의 대화에서 느꼈다.

결단코 상대방을 꺾고야 말겠다는 이현의 의지!

이를 담담하게 받아들이며 절묘하게 받아치는 목연의 반응!

결국 이현은 날카로운 일격을 당했고, 완전히 투지가 꺾여 버렸다. 의외의 일격을 당해서 두 손 들고 백기투항하는 수밖엔 없게 되었다.

반전은 그때 일어났다.

목연은 자신의 승리가 결정되자마자 유화책을 들고 나왔다.

이현이 원하던 걸 내주고, 자신의 목적을 숨겼다.

그럼으로써 상대방의 예봉 자체를 아예 무력화시켜 버린 것이다.

실로 고수가 취할 만한 도리다!

그렇게 소화영은 받아들였다. 그리고 그로 인해 목연을 바라보던 시각이 완전히 바뀌었다.

'존경스럽다!'

눈을 반짝이며 소화영이 목연에게 달라붙었다. 이미 하녀로 격하된 자신의 처지에 대한 불만 따위 까맣게 잊어버렸다. 그런 걸 논하지 못할 만큼 목연은 높은 경지에 오른 고수였으니까 말이다.

*   *   *

'크흑, 월곡도! 진정 자네는 잠영은밀대, 아니, 북궁세가 무사 전체의 자랑이로구나! 스스로 무사의 자존심을 버리고 일개 하녀가 되다니!'

북궁창성에게서 시선을 떼지 않고 감시에 여념이 없던 은야검이 내심 뜨거운 눈물을 흘렸다.

그와 소화영의 관계는 잠영은밀대에서도 꽤나 돈독했다.

함께 무수히 많은 임무를 성공적으로 수행해 왔다.

특히 북궁세가 독문 진법인 양의쌍첨진의 경우 극한까지 위력을 뽑아낼 만하단 평가까지 받았다.

그렇기에 그는 누구보다 소화영의 성정을 잘 알았다.

자만심에 가까운 자존심!

특히 자신의 미모와 무인으로서의 자존심은 상상을 초월할 만큼 컸다. 나름대로 잠영은밀대의 홍일점 같은 존재라서 인기가 많았으나 어떤 동료에게도 여태까지 눈길 한번 준 적이 없었다. 그만큼 자기 관리와 자부심이 넘치는 존재였다.

한데, 그런 그녀가 하녀를 자처하다니!

미인계를 하겠다고 나설 때도 놀랐던 은야검으로선 아연실색하지 않을 수 없었다. 혹시라도 이현에게 미인계를 펼치는 과정에서 머리를 다치기라도 한 게 아닌가 하는 의심까지 해봤을 정도였다.

하나 다시 생각해 보니 모든 것이 소화영의 자기희생이었다.

미인계 같은 추한 방법 대신 스스로를 낮춤으로써 더욱 손쉽게 이현을 파악하기 위한 선택이었던 것이다.

'게다가 이로 인해 북궁 공자 역시 손쉽게 비밀호위할 수 있게 되었다! 과연 월곡도다운 멋진 선택이었어!'

내심 엄지손가락을 꼽아 보이며 은야검은 슬며시 인상을 찌푸려 보였다.

방금 전부터 아랫배 쪽이 심상찮다.

미약하나 확실하게 신호가 오고 있었다.

마치 절대로 현 위치를 떠날 수 없는 은야검의 처지를 확인시켜 주기라도 하려는 것처럼 말이다.

'월곡도! 빨리 임무를 완수하고 돌아오라! 나는… 갈수록 힘들어지고 있다! 매우… 힘들어지고 있어!'

한 손으로 아랫배를 꾸욱 눌러 보이며 은야검이 호흡 조절에 들어갔다.

항상 위기는 찾아오게 마련이다.

이에 대한 대처 역시 일류의 비밀호위라면 기본으로 가지고 있어야 할 덕목이었다.

사삭!

사사삭!

은야검이 상반신은 철두철미하게 고정시킨 채 발끝으로 바닥을 파헤치기 시작했다. 아주 은밀하게. 어느 누구도 그의 은신을 파악하지 못하게끔 그리했다.

　　　　*　　　　　*　　　　　*

　"형님! 형님!"

　"우걱! 우걱!"

　"뭔 밥을 그렇게 걸신들린 사람처럼 드시고 계시우? 아무도
안 뺏어 먹을 테니 숨 좀 쉬시면서 드십시오!"

　"꺼! 져!"

　"앗! 그렇게 심한 말을! 저 상처받았습니다!"

　"우걱! 우걱!"

　"저 상처받았다고요! 상처… 우웁!"

　밥그릇을 부술 기세로 늦은 식사에 여념이 없던 이현에게 고
개를 들이밀던 악무산이 숨막히는 소리를 냈다. 어느새 그의 얼
굴을 밀어내고 있는 이현의 손바닥에 입과 코가 동시에 막혀 버
렸기 때문이다.

　그러자 반대편 탁자에 앉아서 서책을 읽고 있던 북궁창성이
가볍게 혀를 찼다.

　"쯔쯧, 식사할 때는 본래 견(犬)님도 건들이지 않는다고 했거
늘! 어찌 학관에서 공맹의 도리를 배운다는 자가 저리 경망스레
행동을 하는가!"

　스윽!

　악무산이 이현의 손바닥으로부터 유려한 동작으로 빠져나왔
다.

　흡사 연체동물을 보는 듯한 움직임이랄까?

당초에 이현의 손바닥에는 어떻게 제압당했는지 의심이 갈 만한 모습이다.

그러나 지금 중요한 건 그게 아니다.

타닥!

이어 순간적으로 이현을 떠나 북궁창성 앞으로 용수철이 튕겨지듯 날아온 악무산이 고운 눈매를 추켜올렸다. 여인이라면 흘긴다는 표현이 적당할 듯한 모습이다.

"나 들으라고 한 소리지?"

"맹자께서 말씀하시길 왕과 대부(大夫)와 사서인(士庶人)이 '리국(利國), 리가(利家), 리신(利身)'을 한다면 상하가 서로 '리(利)'만을 취하려고 다투게 되어 나라가 위태로워진다고 하였으니……."

"내 말 씹냐?"

"…어찌 아셨소?"

"우와! 이 열 받게 하는 면상 보소!"

버럭 소리 지른 악무산이 양손으로 북궁창성의 멱살을 거머쥐려다 움찔했다.

저릿!

부들!

연달아 반응이 전달되어져 왔다.

처음, 북궁창성을 향해 뻗었던 손이 마비되었다.

그리고 두 번째로 어깨 부위로부터 시작되어 척추뼈를 따라 강한 충격이 전달되었다. 흡사 거대한 망치로 연달아 휘둘려 맞은 것 같이 말이다.

'장… 난 아닌데?'

악무산이 그릇에 남은 마지막 밥알까지 남김없이 긁어먹고 있는 이현을 돌아봤다. 북궁창성에게 분노를 폭발시키려던 자신의 시도를 중간에 차단시킨 사람이 다름 아닌 그란 걸 눈치챘기 때문이다.

무엇으로?

아니, 그보다 어떤 식으로란 말이 전제되어야겠다.

악무산은 평소 강철같이 자신의 몸을 보호하는 호체진기를 파쇄하며 송곳처럼 파고든 이현의 기운을 파악조차 못했다. 처음에 만났을 때 한낱 돌멩이에 얻어맞았을 때와 마찬가지다. 하나도 변한 것이 없었다.

아니다.

오히려 더 심각한 상황이었다.

처음 만났을 때와 달리 악무산은 이현을 따라 숭인학관에 들어온 후 항상 긴장하고 있었다. 자신이 지닌 최상의 방어 태세를 있는 힘껏 펼치고 있는 상황이었던 것이다.

'근데 그건 그렇고 왜 이 재수 없는 북궁세가 떨거지 편을 들지? 설마 둘이서 그렇고 그런 사이인 건가?'

만약 이현이 들었다면 단연코 사망자가 속출했을 만한 생각을 하며 악무산이 입을 삐죽거렸다.

"형님, 이러시깁니까?"

"내가 뭘?"

이현이 대나무로 된 젓가락을 손가락으로 깎아 만든 이쑤시개로 이를 후비며 어깨를 으쓱해 보였다. 방금 전에 악무산에게 한 가닥 무형지기를 쏘아 보낸 사실 자체를 아예 없었던 일처럼 부인한 것이다.

'이럴 때는 또 천 년 먹은 너구리같이 굴지!'

내심 다시 입술을 삐죽해 보인 악무산이 갑자기 생각난 듯 이현에게 말했다.

"형님! 형님! 이 북궁가의 샌님 녀석이 방금 전에 형님을 개에 비유했습니다! 개새끼에 비유했다구요!"

"개새끼가 뭐냐? 점잖지 못하게."

"그럼 개를 개라고 하지 뭐라고 해야 합니까?"

"견공(犬公). 혹은 개님이란 좋은 말이 있지 않느냐?"

"이거나 그거나."

"다르지. 아주 많이."

"뭐가 다른데요?"

"존중심."

짤막한 한마디로 악무산의 입을 '기가 막힘'으로 다물게 만든 이현이 북궁창성을 손짓해 불렀다.

"사형, 부르셨습니까?"

"내 한 가지 묻지."

"예, 하명하십시오."

'저 새끼, 형님 앞에서는 갑자기 양처럼 순종적이네! 역시 두 사람 내가 모르는 뭔가가 있는 거 아냐?'

악무산이 질투심으로 번뜩이는 시선으로 이현과 북궁창성을 바라봤다.

그러거나 말거나 이현이 목소리를 슬며시 낮췄다.

"혹시 법가나 유가에 대해서 아나?"

"법가라면 제자백가의 그 법가를 말하시는 겁니까?"

"응?"

"춘추전국시대 백가쟁명 시대의 법가를 뜻하시는 건지 물었습니다."

"응! 그거 맞을 거야."

이현이 무조건적으로 고개를 끄덕여 보이자 북궁창성이 별빛 같은 눈을 반짝이며 말했다.

"법가와 유가 간에는 고래로부터 아주 많은 논쟁이 존재했습니다. 서로 간에 인간사를 보는 철학과 시각 자체가 극단적일 정도로 다르기에 아주 다채로운 논쟁이 존재했지요."

"됐어! 거기까지!"

이현이 얼른 손을 들어서 목연과 마찬가지로 장편소설과 같은 설명에 들어가려는 북궁창성의 의도를 사전에 차단했다. 그리고 활짝 웃으며 고개를 끄덕거린다.

"합격!"

"예?"

"내일까지 방금 전에 내게 설명하려 했던 걸 잘 정리해서 내게 가져다줘."

"아직 설명을 시작도 하지 않았습니다만?"

"아니, 이걸로 충분해. 사제가 확실하게 내가 원하는 걸 안다는 걸 이해했으니까."

"……."

북궁창성이 뭔가 속이 답답한 표정으로 이현을 바라봤다. 그와 어느새 꽤나 많은 나날을 함께하게 되었으나 가끔 이런 상황과 맞닥뜨리게 된다. 이현 혼자 말하고 결론을 내린 후 모든 것을 끝내 버리는 지금 같은 상황 말이다.

그때 두 사람의 대화를 지켜보며 호시탐탐 기회만 노리던 악무산이 얼른 끼어들었다.

"형님, 근데 오늘은 어딜 갔다가 돌아오신 겁니까? 언뜻 보니까 박색인 여자를 한 명 데려온 것 같던데요?"

"박색인 여자?"

이현이 잠시 의아한 표정을 지었다가 내심 고개를 끄덕여 보였다.

'하긴 여기 두 녀석이 미모 면에선 훨씬 낫겠군. 남녀의 차이를 감안하지 않더라도 말야.'

확실히 그렇다.

이현의 앞에서 서로를 노려보며 으르렁대고 있는 두 미소년.

가히 군계일학의 미모를 자랑한다.

이현 또한 환골탈태한 후 제법 괜찮은 외모를 지니게 되었으나 어디까지나 훈남의 영역이었다. 절세의 병약미와 붉은 장미와 같은 화려미를 갖춘 두 미소년에게 견줄 만한 상황은 되지 못했다.

애석하게도 그 점은 소화영에게도 해당된다.

세간에서는 미녀라 불릴 법한 그녀이나 눈앞의 두 미소년에게는 미모를 자랑치 못할 터였다. 어쩌면 두 미소년을 보자마자 얼굴을 양손으로 가린 채 달아날지도 모르겠다.

내심 그 같은 생각과 함께 다시 고개를 끄덕여 보인 이현이 태연한 표정으로 말했다.

"요즘 들어 목 소저가 학관을 운영하느라 고생하시는 것 같아서 하녀 한 명을 새로 데려왔을 뿐이다."

"아! 하녀로구나!"

악무산이 바로 수긍했다.

아니다.

그가 곧 다른 의문점을 찌르고 들어왔다.

"근데 형님, 나랑 있다가 갑자기 사라졌잖수? 하녀나 데리러 떠났던 건 아닌 것 같은데……."

"아니지."

"…그럼?"

"비밀."

"에!"

악무산이 비겁하다는 표정으로 소리를 질렀으나 이현은 더이상 대꾸하지 않았다. 갑자기 자신만의 생각에 빠져들었기 때문이다.

'역시 숭인학관에 파리 새끼들이 꼬여들기 시작한 건 유현장과 관련된 일이겠지? 하지만 그런 잡배들을 보내서 뭘 어쩌겠다는 건지 모르겠구만!'

유현장을 떠올리자 슬슬 짜증이 치솟아 오른다.

죄와 벌!

이현은 확실하게 처리했다. 딱히 유현장 쪽에 억울함이 있도록 일을 처리하지 않았다. 적어도 사람을 죽이고, 유현장을 불태워버리진 않았으니 말이다.

하지만 이렇게 귀찮게 하면 생각이 달라진다.

삭초제근!

무림인이라면 매우 익숙한 단어다. 보통 일을 처리할 때 끝장을 보는 걸 뜻하기 때문이다.

현재 이현의 심사가 그랬다.

그는 당장 유현장으로 달려가서 그곳에 불을 지른 후 도망쳐 나오는 자들을 하나하나 붙잡아다 참된 교육을 해주고 싶었다. 그래서 다시는 자신과 숭인학관에 관심을 갖지 못하게 하고 싶었다. 진심으로 그런 마음이 굴뚝같았다.

'하지만 그렇게 일을 크게 벌이면 필경 무림 중에 소문이 날 거다! 지금쯤이면 사형들이 떼로 사문을 빠져나와 섬서성 일대를 이 잡듯 뒤지고 있을 텐데……'

사형들한테 들키는 것만은 사양이다.

이런 꼴을 사형들이 본다는 걸 생각하는 것만으로 온몸에 소름이 돋았다. 최소한 30년 동안 놀림거리가 될 게 뻔하기 때문이다.

'…아니지! 요즘 사형들이 부쩍 양생에 힘을 써서 한 갑자 정도는 살아 있을지도 몰라!'

내심 다시 소름이 돋는 걸 느끼며 어깨를 한차례 떨어 보인 이현이 갑자기 손가락을 튕겼다. 갑자기 매우 좋은 생각이 났다. 자신이 떠올린 게 용할 정도로 말이다.

"나 잠깐만 나갔다 온다!"

"형님, 또 어딜 가려고요?"

"마실."

"저도 같이 데려가요!"

"따라올 수 있으면 따라오든가."

"으어헉!"

악무산이 숨넘어가는 괴성을 터뜨렸다. 이현이 또다시 그가 보는 앞에서 자취를 감춰 버렸기 때문이다.

"제기랄! 이렇게 되면 나도 오기다!"

악무산이 이현을 쫓아 무턱대고 식당을 박차고 뛰어나갔다.

악가비천행!

산동악가의 비전 보신경이 여러 개의 분신을 일으켰다. 그렇게 잔영만을 남긴 채 악무산 역시 자취를 감춰 버렸다.

쾅!

언제 서책에 시선을 두고 있었냐는 듯 북궁창성이 탁자를 주먹으로 내려쳤다.

주룩!

끈적한 핏물이 흘러내린다. 그만큼 강하게 내려쳤다.

"내 앞에서 감히……."

북궁창성은 채 말을 끝까지 잇지 못했다. 눈앞에서 각자의 절기를 펼쳐 자취를 감춘 악무산을 향한 질투를 차마 입 밖으로 내뱉을 수 없어서였다.

그리고 그런 북궁창성을 멀찍이 떨어져 바라보는 한 명의 가냘픈 여심이 있었으니…….

'흑흑, 북궁 공자님, 저 곱디고운 손에 상처가 나시다니! 당장 달려가서 손을 싸매드리고 싶지만 그럴 수 없는 게 원망스럽구나!'

지금까지 초임 하녀로서 숭인학관의 내정을 맡은 왕 할멈에게 호된 신고식을 치룬 소화영은 주먹으로 입을 막았다. 자칫 내심의 울음이 밖으로 터져 나올 것만 같았기 때문이다.

그만큼 그녀는 북궁창성의 아픔에 공감했다.

그의 주먹에 난 상처.

대수롭지 않았다.

그냥 하룻밤 지나면 나을 터였다.

하지만 그의 속 깊숙한 곳에 자리 잡은 상처. 태어나 지금까지 계속 곪아온 상처는 어찌할 것인가.

'역시 내가 위로해 드리는 수밖에 없겠지? 북궁 공자님도 나 같은 미녀가 지성을 다 바쳐 사랑으로 위로해 드리면 괜찮아지실거야! 무공 좀 못 익히시면 어때? 내가 낮이나 밤이나 항상 곁에서… 어맛! 어마마맛! 내가 미쳤나 봐! 미쳤나 봐!'

생각을 거듭하던 중 빠르게 자신만의 세계에 빠져들었던 소화영이 두 볼을 발그레 물들인 채 주변을 두리번거렸다. 혹시라도 자신의 생각을 누가 눈치채기라도 한다면 큰일이란 생각이 들었기 때문이다.

그만큼 부끄러웠다.

은연중 자신의 욕망을 드러내고 말았으니까.

그리고 그건 진심이기도 했다.

'북궁 공자니임!'

다시 홀로 고독에 빠져 있는 북궁창성을 바라보는 소화영의
표정이 아련해졌다.

영원히 시간이 멈췄으면 좋겠다!

딱 그녀의 현재 속내였다.

第十章

파천폭풍참 악영인, 산해관 밖의 전신!

스으— 팟!

은하유영비를 거둬들이고 바닥에 내려선 이현이 주변을 두리번거리다 잰걸음으로 나아갔다.

픽!

"어이쿠!"

비명을 터뜨린 건 절룩거리며 흑랑방으로 돌아가던 흑랑탕자의 대장 혈랑 구망이었다.

그는 다른 흑랑탕자들을 월등히 능가하는 무공 실력과 회복력을 바탕으로 얼마 전 정신을 회복했다.

온몸이 다 아파왔지만 운기조식은 엄두조차 내지 못했다. 언제 자신과 흑랑탕자들을 말 그대로 박살낸 미지의 고수가 다시 찾아올지 모른다는 두려움 때문이었다.

'그, 그런데 내가 늦어버렸구나! 이렇게 빨리 사신(死神)이 날 다시 찾아올 줄이야!'

얼굴을 땅바닥에 처박은 채 구망은 내심 장탄식을 터뜨렸다. 이렇게 자신의 삶이 종지부를 찍게 된다는 판단이었다. 정말 짧은 순간 주마등같이 지난날이 스쳐 지나가고 있었다.

"속단하지 마."

움찔!

"어쩌면 죽이지 않을 수도 있으니까."

꿈틀!

구망의 뇌리를 빠르게 맴돌고 있던 주마등이 순식간에 사라졌다. 그리고 그 빈틈을 채운 건 욕망! 살고자 하는 밑바닥 인생의 근성이었다.

"며, 명만 내려주십시오! 이놈, 한 목숨을 다 바쳐서 고수님께 충성을 바치겠습니다!"

"너무 빠른 거 아니냐?"

"아, 아닙니다! 이놈은 흑도인! 흑도인에게 있어 무림은 오로지 강자존, 약자멸의 세계입니다! 이놈 평생에 본 적이 없던 무적의 고수님을 만나뵌 이상 어찌 충성을 맹세하지 않을 수 있겠습니까요!"

"그놈, 말 한번 잘한다."

"헤헤, 제가 또 말은 좀 하는 편입지요."

"웃지는 말고."

"옙!"

구망이 얼른 대답과 함께 입을 다물었다. 아무래도 자신이 새로 주인으로 모시게 된 미지의 고수는 좀 과묵한 성격을 좋아하는 것 같다.

이현이 말했다.

"내가 궁금한 게 있어서 그러는데, 너 유현장하고 어떤 사이냐?"

"유, 유현장이요?"

"그래, 유현장."

구멍이 얼른 고개를 좌우로 도리질 쳤다.

"이놈은 유현장 따윈 모릅니다! 절대로 그런 글이나 읽는 나부랭이들과는 상종조차 해본 적이 없습니다요!"

"그럼 흑랑방이겠군."

"예?"

"그냥 죽을래?"

"아, 아닙니다! 흑랑방 맞습니다! 이놈은 흑랑방 소속 흑랑탕자의 대장 구멍입니다요!"

"그렇군."

이현이 천천히 고개를 끄덕여 보였다.

대충 짐작이 간다.

유현장의 장주 유성룡은 개방의 위풍걸개에게 도움을 요청했다가 실패하자 거래처를 바꾼 것이다.

'그럼 살짝 계획을 비틀어보기로 할까?'

내심 염두를 굴린 이현이 쪼그려 앉아 구멍의 귓가에 작게 속삭였다.

"나는 성원장주가 초빙해 온 사람이다."

움찔!

"앞으로 유현장과 숭인학관의 모든 지분은 성원장이 차지할 작정이니까 흑랑방은 뒤로 빠져 있는 게 좋을 거야. 아니면 오늘 같은 일이 흑랑방주에게 일어날 테니까."

뚜둑!

이현이 몸을 일으키며 구망의 어깨를 발로 지그시 밟았다. 딱 어깨뼈가 박살날 정도로 말이다.

"쿠어억!"

"그리고 이만 은퇴해. 앞으로 남 등치며 사는 직종은 계속할 수 없을 테니까 말야."

"……."

고통으로 인해 재차 기절해 버린 구망을 잠시 바라보던 이현이 다시 신형을 날렸다.

아직 끝나지 않았다.

저녁이 깊어지기 전에 한 곳 더 들를 곳이 있었다.

*　　　　　*　　　　　*

"와나, 진짜!"

악무산이 짜증 어린 목소리로 발을 동동 굴렀다.

그는 숭인학관에서 이현의 뒤를 따라서 곧바로 신형을 날려 왔다.

비전의 악가비천행!

오랜만에 있는 힘껏 펼쳤다.

이번만큼은 어떻게든 이현이 뭘 하러 가는지 확인하고 싶었기 때문이다.

그러나 그는 얼마 지나지 않아서 당황감에 빠졌다.

빨라도 너무 빠르다.

촌각도 안 되는 사이 출발했는데도 그는 단숨에 이현의 행적을 놓쳐 버렸다. 어디로 갔는지 종적조차 찾을 길이 없었다.

하지만 산동악가는 본래 군문.

무림에는 잘 알려지지 않았으되, 사람의 뒤를 쫓는 추종술에 있어선 엄청난 성취를 지니고 있었다. 촌각은커녕 수일이 지난 후일지라도 누군가의 행적을 추격하기로 마음먹었다면 놓칠 이유가 없었다.

악무산은 곧바로 추종술에 들어갔다.

숭인학관 주변을 세심하게 살펴가며 이현의 흔적을 찾았고, 곧 놀랄 만한 현실에 직면하게 되었다.

일보 백오십 장!

말도 안 되는 수치다.

믿기 어려웠다.

상상조차 되지 않는 경공의 경지였기 때문이다.

하지만 악무산은 자신의 추종술에 자부심이 있었다. 실수가 있었다는 걸 인정할 수 없었다.

그래서 그는 이 믿을 수 없는 수치에 따라서 추격을 계속해 왔고, 곧 기절해 있는 구망을 발견하게 되었다.

"설마설마했는데, 진짜 그 말도 안 되는 경공의 흔적이 사실이었다니! 이거 내가 같은 인간에게 들이대고 있는 건지 모르겠네?"

진심이다.

한 점의 거짓 없는 마음이었다.

그러나 악무산은 곧 어깨를 한차례 추켜 보이곤 잘생긴 얼굴 가득 환한 미소를 만들어냈다.

"푸힛! 하긴 이 정도는 돼야 나 파천폭풍참 악영인이 형님이라 부를 만한 자격이 있는 걸 테지! 어쩌면 나는 아직 세상에 알려지지 않은 진짜 천하제일인과 만나 버리고 만 것일지도 모르겠구나!"

파천폭풍참 악영인!

중원에는 아직 생소한 이름이다.

중원 무림에서 활동한 적이 전혀 없어서였다.

하지만 산해관 밖의 관외 지역으로 간다면 사정이 완전히 달라진다. 만리장성 너머의 흉맹한 민족들 사이에서 이 이름은 그야말로 전신(戰神), 그 자체였다. 지난 수년간 벌어진 이민족의 난을 무자비한 폭력으로 제압한 혈사대의 당대 주인이었기 때문이다.

물론 여기서 언급된 혈사대 역시 중원에선 무명이었다.

아직까지는 분명 그랬다.

장미 꽃잎이 흩날리는 듯한 미소를 멈춘 악무산, 아니, 파천폭풍참 악영인이 구망의 주변을 살폈다.

흔적.

그의 주변에 또렷하게 남아 있는 이현의 동선을 파악한 후 추격을 계속하기 위함이었다.

'일단… 동쪽인가?'

숭인학관이 있는 방향과는 반대인 동쪽을 힐끔 바라본 악영인이 다시 악가비천행을 펼쳤다.

한 번 문 먹이는 놓치지 않는다.

반드시 추격해서 목적한 바를 이룬다.

혈사대의 철혈률이었다.

대주쯤 되는 자가 허투루 어길 수는 없었다.

그냥 말이 그렇다는 거다.

지금 악영인은 그냥 자신의 궁금증을 풀고 싶었다. 어떻게든 이현의 뒤를 쫓아가서 말이다.

*　　　　　*　　　　　*

점차 노을의 붉은 기운이 천지를 물들여가는 시각.

청양의 명가 유현장은 점차 내외를 환하게 밝히기 시작했다.

학문으로 이름이 드높은 가문답게 저녁 늦게까지 학생들이 글공부라도 하고 있는 것인가?

그런 것이 아니다.

오히려 그 반대였다.

척척!

척척척척척!

유현장의 내외로 손에 손에 횃불을 치켜 올린 무사들이 삼엄한 경계망을 펼쳤다. 장내의 요처를 선점한 채 점차 밀려들고 있는 밤의 장막을 걷어내기 시작한 것이다.

'그새 제법 쓸 만한 놈들을 끌어모았잖아? 아니, 그보다는 아예 제대로 훈련된 정예 무사 세력의 도움을 받기라도 한 거 같은데?'

이현은 어느새 유현장이 훤히 내려다보이는 나무 위에 모습을 드러내고 있었다.

물론 위의 말은 어디까지나 이현이기에 가능한 것이었다.

나무의 위치.

적어도 유현장으로부터 1백여 장이 훌쩍 넘게 떨어져 있다. 보통 사람은커녕 초절한 무공의 소유자라 해도 훤하게 뭔가를 살필 수 있다는 말은 하지 못할 터였다.

하지만 이현의 안력은 능히 그 같은 일을 가능케 했다. .

전혀 어렵지 않았다.

그는 한눈에 유현장의 현 경계태세 상황을 파악했고, 무사들의 움직임이나 실력까지 파악해 냈다.

게다가 한 가지 더!

미묘한 무사들의 움직임과 버릇을 통해 이현은 그들이 본래 유현장과는 관계없는 자들임도 알아냈다. 즉, 요근래 유현장에서 외부 세력의 도움으로 끌어들인 무사들인 것이다.

그렇다면 어디에서 이만큼 잘 훈련된 무사들을 1백 명 넘게 유현장에 지원해 준 것일까?

까닥!

여기까지 염두를 굴린 이현이 고개를 살짝 옆으로 흔들어 보였다.

그도 사람이다.

거기까지 단숨에 파악할 수는 없었다.

'뭐, 한 놈 잡아다가 확인해 보면 되지.'

명쾌한 결론과 함께 이현이 움직였다.

슥!

순간적으로 작은 새가 앉기에도 버거워 보이던 가느다란 나뭇가지 위에서 이현의 모습이 자취를 감췄다.

툭! 툭!

'응?'

유현장의 뒷문 쪽을 살피고 있던 천살검 우종의 눈살이 찌푸려졌다.

갑자기 어깨에 와 닿는 손길!

그것도 한 번이 아니다.

마치 문을 두들기듯 연달아 어깨에 감촉이 전해져 왔다. 어떠한 예고도 없이 말이다.

움찔!

우종의 몸이 뒤늦게 경직되었다.

명색이 20년간 칼밥을 먹은 검객!

그동안 그의 손에 명을 달리한 자만 해도 족히 서른 명에 달한다. 천살검이란 살벌한 무명이 그리 쉽게 무림 중에 회자되는 게 아닌 것이다.

당연히 그의 감각은 항상 예민했다.

언제든 검을 뽑을 준비를 하고 있었다.

그런데 느닷없이 배후를 무방비 상태로 내줘 버리다니!

칼날의 핏물을 핥으며 살아왔던 우종에게 있어 이건 자신의 목숨을 내준 것이나 다름없었다.

패앵!

그래서 곧바로 발검에 들어간다.

허리를 한 차례 비틀고는 곧바로 한 발로 축을 이뤄 신형을 돌려 세운다.

회전.

그리고 허리에 매달려 있던 검갑에서 떠난 검을 그 한순간의 원 운동에 편승시킨다. 발검과 함께 더욱 검속에 급가속을 일으킨 것이다.

스파앗!

우종의 검이 허공을 가로질렀다. 어둠에 물든 대기를 찢어발겼다.

'실패?'

우종의 눈살이 다시 찌푸려졌다.

단 한순간!

그가 노렸던 마지막 한 수가 물거품으로 돌아갔다. 그리고 오랜 강호 경험으로 볼 때 이후의 결과는 이미 결정된 것이나 다름없었다.

죽음.

우종은 자신의 검이 꺾이는 날을 만났다고 여겼다. 최선의 일격을 이미 펼친 이상 후회는 없다고 여겼다.

한데, 일격필살의 검격을 날린 후 석상이 된 우종의 귓전으로 무료하게 느껴지는 목소리가 파고들었다.

"뭐 하냐?"

"뭐……."

"검을 뽑았으면 끝장을 봐야지 쓸데없이 겉멋만 부리고 있잖아?"

'…내 검이 겉멋만 부린 것이라고?'

우종이 세 번째로 눈살을 찌푸렸다.

모욕을 당했다는 생각이었다.

그러다 그는 곧 현실을 자각하게 되었다.

세 걸음쯤 떨어졌을까?

딱 우종의 검격으로부터 벗어난 정도의 거리에 얼마 전 나무를 떠난 이현이 쭈그려 앉아 있었다.

마치 처음부터 그러고 있었던 것 같은 모습.

우종은 이현이 방금 전 자신의 이목을 감쪽같이 속인 채 배후로 다가들어 어깨를 두들긴 자란 걸 눈치챘다.

무인으로는 보이지 않는 하얀 얼굴.

이제 갓 약관이나 된 듯한 외모와는 전혀 어울리지 않는 무료해 보이는 표정.

이질적인 이현이란 존재 자체가 우종을 긴장하게 했다.

"강호에서 조심해야 할 것이 셋 있다고 했소. 노인과 여인. 그리고 어린아이!"

"어디에도 난 속하지 않네?"

"……."

"뭐, 너무 긴장할 필요는 없어. 한 가지 궁금한 게 있어서 좀 물어보려고 온 거 뿐이니까."

"말씀하시오."

"유현장의 호위를 맡고 있는 자들의 두목이 너지?"

"……."

대답 대신 눈빛이 흔들린 우종의 표정을 살핀 이현이 미미하게 고개를 끄덕여 보였다.

"역시 그렇군. 그럼 한 가지만 더 묻지."

"……."

"소속이 어디야? 이거만 대답해 주면 오늘 우리는 좋은 얼굴로 헤어질 수 있을 거야."

"협박하는 것이오?"

"어."

이현이 당연하다는 듯 고개를 끄덕여 보였다. 마치 선수끼리 왜 그러냐는 표정이 가득하다.

우종은 고민했다.

'어쩌면 오늘 나는 사신을 만난 것인지도 모른다. 목숨을 내놓을 때가 된 것인지도 몰라. 하지만 이대로 상대에게 굴복한다면 천살검이란 내 영명은 어찌 되겠는가?'

선비를 죽일 수는 있어도 모욕할 수 없다는 말이 있다.

무사 역시 마찬가지다.

검객은 검으로 모든 대답을 대신한다. 그 대가가 설혹 자신의 목숨일지라도 말이다.

삐익!

내심 마음을 굳힌 우종이 재빨리 휘파람을 불면서 이현으로부터 신형을 뒤로 물렸다. 자신이 데리고 와 현재 유현장의 호위를 맡고 있는 살무대를 불러들인 것이다.

천살검의 영명?

그딴 건 이미 머릿속에서 지워 버렸다.

어차피 살아남는 자가 승리자다. 죽은 자는 말이 없다는 건 동서고금의 진리였다.

우르르르르!

우르르르르!

우종이 오랫동안 공을 들여 키운 정예답게 살무대는 일사불란하게 집결해 왔다. 손에 손에 횃불과 검을 든 채 달려와 단숨에 이현을 포위해 버렸다.

마치 처음부터 이렇게 하기로 약속이라도 한 것 같다.

딱 그런 움직임이었다.

그러나 이현은 여전히 쭈그려 앉은 자세를 풀지 않는다. 순식간에 살무대 백인 무사에게 포위를 당한 게 마치 남의 일이라도 된 것 같은 모습이다.

우종은 잠시 고민했다.

'미친 자였는가?'

이현은 생각했다.

'본래 은밀하게 일을 처리하려 했는데… 조금 시끄러워지는 것도 나쁘진 않으려나?'

생각이 참 빨리 변한다.

처음부터 명확한 계획이란 게 있었는지도 조금 의심스럽다.

물론 생각만 그렇다는 거다.

후속 동작까지 그렇지는 않았다.

백 명의 살무대가 포위를 끝마친 것과 동시였다.

슥!

문득 쭈그려 앉아 있던 동작을 푼 이현이 한줄기 바람으로 변했다.

목표는 우종!

천살검의 영명을 가볍게 내동댕이친 타락한 검객이었다.

퍽!

우종이 눈앞에서 불똥이 튀는 감각을 아주 직접적으로 느끼며 바닥에 쓰러졌다.

단 일격!

수중의 검을 다시 펼쳐보지도 못하고 그는 쓰러졌다. 이현의 벽운천강수가 검을 박살 내고 여세를 몰아 안면을 함몰시켰다. 천살검의 영명이 1백 명의 수하들이 보는 앞에서 땅에 떨어지는 순간이었다.

"으헉!"

"으허억!"

살무대가 놀라 소리 질렀다.

조금 전까지 자신들의 포위망 속에 걸려든 한 마리 부나비 같았던 이현이었다. 그를 제압한 것을 믿어 의심치 않았다.

그런데 갑자기 상황이 바뀌었다.

순간적으로 자취를 감춘 그는 어느새 살무대 전체의 포위망을 뚫고 뒤로 물러나 있던 우종을 쓰러뜨렸다.

그냥이 아니다.

아예 박살을 내버렸다.

이게 이해가 가는 상황인가?

살무대의 어느 누구도 경악에 빠져 있을 뿐이다. 당최 무슨 일이 벌어졌는지 이해할 수 없었다. 지나친 충격으로 인해 머리의 기능 자체가 정지해 버렸기 때문이다.

이현이 상황을 간명하게 만들어줬다.

"또 덤빌 사람?"

"우으으!"

"없어?"

"……."

"그럼 나 간다!"

진짜로 이현이 그렇게 했다.

질질질!

의식을 잃고 바닥에 쓰러진 우종의 뒷덜미를 거머쥔 채 이현이 걷기 시작했다. 살무대에게서 등을 돌린 채 말이다.

그러자 뒤늦게 정신을 차린 살무대가 소리쳤다.

"기, 기다려!"

"대주님을 놔두고 가라!"

"그래, 대주님을 놔두고 가라!"

이현이 그들을 향해 고개를 가로저었다.

"싫은데?"

살무대가 다시 이현을 포위해 갔다. 그가 살무대주 우종을 데리고 떠나는 걸 용납할 수 없었기 때문이다.

"대주님을 놔주기 전에는 결코 이곳을 떠날 수 없다!"

"그래, 우리 살무대 전원을 죽이기 전에는 대주님을 데리고 떠날 수 없다!"

"그, 그건 좀……."

살무대의 일각에서 당황해하는 목소리가 흘러나왔으나 빠르게 파묻혔다.

우종이 그리 나쁜 상관은 아니었던 것일 테지.

그러거나 말거나 이현은 개의치 않았다.

여전히 우종의 뒷덜미를 한 손으로 거머쥔 채 살무대를 살피던 그가 불쑥 질문했다.

"너희들 살무대라고 했냐?"

"그, 그렇다! 우리는 성원장의 살무대다!"

'성원장이었군.'

이현이 내심 눈에 이채를 담았다.

유현장주 유성룡.

그는 흑랑방뿐 아니라 성원장에까지 도움을 요청한 것이다. 예상보다 인망이 있는 사람이었던가?

내심 고개를 갸웃해 보인 이현이 수중의 우종을 미련 없이 살무대에게 던졌다.

"옛다!"

"우왓!"

이현이 던진 우종을 받아내던 살무대원이 뒤로 주춤주춤 물러났다. 우종의 몸에 실린 이현의 격산타우의 신공을 감당해 낼 수 없었기 때문이다.

그렇다. 격산타우의 신공이다.

그렇다는 건 그 한 명으로 희생자가 끝날 리 만무하다는 뜻.

"우왓!"

"으헉!"

"으헤엑!"

뒷걸음질 치는 살무대원에게 부딪힌 다른 자들이 연달아 비명을 더뜨렸다. 격산타우의 신공이 갈수록 강해져서 살무대원을 매개로 주변의 무사들 전체에 강력한 영향력을 발휘하기 시작한 것이다.

그로 인한 결과는 아수라장 그 자체!

순식간에 살무대의 포위, 한 축이 무너졌다. 박살 나버렸다.

슉!

이현이 그 속으로 빠져나갔다. 무인지경 속을 산책하듯이 그리했다.

*   *   *

"어, 어찌 이럴 수가!"

유현장주 유성룡의 얼굴은 절망으로 일그러지고 있었다.

초저녁 무렵, 일어난 소란은 그를 거의 혼절 직전까지 몰아붙였다.

성원장주에게 부탁해 그의 상단에서 빼온 살무대!

그들은 무척이나 믿음직했다.

특히 천살검 우종이 그러했다.

그가 비록 문사이긴 하나 익히 그에 대한 살벌한 무명은 들어 알고 있었기 때문이다.

실질적인 성원장의 삼대고수 중 한 명!

청양의 제일고수라 할 수 있는 흑랑방주 거령신권패 위무진이라 해도 쉽사리 볼 수 없는 실력자인 것이다.

하나 그런 우종이 비참한 패배를 당했다.

1백 명이나 되는 살무대 역시 별무소용이었다.

유성룡이 보기엔 분명 그랬다.

그렇다면 이제 어찌해야 하는가? 자신의 대에서 유현장은 이대로 멸문지화를 당하고야 마는 것일까?

유성룡은 짧은 순간 정말 많은 생각에 빠져들었다.

한데, 그때 갑자기 그의 앞에 이현이 모습을 드러냈다. 얼굴에는 어디에서 구했는지 복면을 덮어쓰고 있었다.

"당신이 유현장주인가?"

"으헉! 다, 당신은 누구시오?"

"질문은 내가 먼저 한 것 같은데?"

일부러 목소리를 건조하게 변조한 이현의 살기 어린 말에 유성룡이 비굴하게 고개를 조아렸다.

"이, 이 사람이 유현장의 주인이 맞소이다."

"그럼 내 묻겠다. 어째서 흑랑방을 능멸하려 한 것이냐?"

"예? 그, 그게 무슨……."

"감히 흑랑방 몰래 성원장과 뒷배를 맞추고 있었던 걸 부인하려는 것이냐?"

'…흑랑방이었구나! 흑랑방의 거령신권패 위 방주가 사람을 보낸 것이었어!'

유성룡은 내심 안도하는 한편, 불안해졌다.

눈앞 정체불명의 고수가 이현이 아닌 것에 안도했고, 흑도의 잔혹한 마두인 위무진이 사람을 보낸 것이 불안했다. 특히 성원장을 언급하면서 불쾌해하는 모습에 불길한 생각을 금치 못하게 된 것이다.

"호, 혹시 성원장에 본장이 호위 무사들을 요청한 일 때문에 위 방주께서 제 둘째 아들놈을 아직 돌려보내지 않으신 것이오?"

'호오? 그렇단 말이지.'

내심 눈을 빛낸 이현이 더욱 살기를 짙게 드러내며 음소를 흘렸다.

"흐흐, 유 공자는 본방에서 잘 지내고 있으니 걱정할 것 없다. 하지만 오늘 유 장주가 성원장과 흑랑방 대신 뒷배를 맞추고 있었다는 걸 알게 되었으니 향후 유 공자가 어찌 될지는……."

"오해십니다! 성원장주에게 호위 무사들을 요청한 건 결코 흑랑방에 죄를 짓기 위함이 아니었소이다! 어찌 이 사람이 위 방주와 흑랑방에 죄를 지을 담량이 있겠소이까!"

"…하지만 성원장에 많은 금은보화를 내줬겠지?"

'그런 것이었나!'

유성룡이 내심 몸을 부르르 떨어 보였다.

이런 일이 발생할 것을 걱정해서 아들 유정상이 흑랑방의 도움을 구하자는 말을 쉽게 받아들이지 못했다. 그들이 이번 기회에 유현장의 모든 기업을 홀랑 집어삼키려 할 수도 있다는 생각을 했기 때문이다.

그래서 성원장에 도움을 요청한 것도 사실이었다.

여러 개의 상단을 지닌 성원장만이 흑랑방에 버금갈 수 있는 무력을 지니고 있다고 여긴 것이다.

'그런데 상황이 이렇게 꼬여 버릴 줄이야! 아니, 처음부터 정상이 녀석의 말을 듣지 말았어야 했다! 못난 자식 놈 때문에 뿌리 깊은 우리 유현장이 망하게 생겼구나!'

내심 한탄을 한 유성룡이 이현에게 머리를 조아렸다.

"이 사람이 향후 성원장에 내준 것보다 더 많은 선물을 위 방주에게 드리겠소이다. 그러니 부디 제 아들놈은 무사히 돌려보내 주셨으면 합니다."

"그 정도로 이번 사태를 넘길 수 있다고 생각하는 것이냐?"

"하면 이 사람이 뭘 어찌하면 되겠습니까?"

"내일까지 성원장주와 함께 흑랑방으로 찾아와 위 방주님 앞에서 죄를 고해라!"

"예? 그, 그건 곤란합니다! 이 사람은 몰라도 어찌 성원장주가 그리할 수 있겠습니까?"

"그리하지 못하겠다면 유 공자의 목숨은 포기하는 걸로 알겠다."

"제, 제발 그것만은……."

"내일까지다!"

엎드려 사정하는 유성룡을 본체만체한 채 이현이 신형을 돌려 세웠다.

떡밥을 강하게 뿌렸다.

이제 물고기들이 잔뜩 꾀여들어 난장판을 벌이기만 기다리면
될 터였다.

*   *   *

유현장을 벗어나자마자 이현은 얼굴에 썼던 두건을 벗었다.

흑랑방의 흑랑탕자들을 박살 낼 때 한 놈의 몸에서 떨어진 걸
주워왔는데, 아주 요긴하게 사용했다.

생각해 보면 이런 복면은 참 구린 인간들의 전용물이다.

자신의 본색을 숨기고 할 만한 일이란 게 대충 떳떳하지 못한
것들이기 때문이다.

당연히 흑랑방과 흑랑탕자들이 어떤 존재들인지는 뻔하다.

필경 지금이라도 싹 정리해 버리는 게 세상을 조금 더 깨끗하
게 만드는 일이 될 터였다.

'하하, 하지만 나는 대과를 목표로 공부하는 학사로서 좀 더
머리를 썼다고 할 수 있지. 차도살인(借刀殺人)으로 세상의 해악
들끼리 죽도록 싸우게끔 만들었으니 말야.'

이현은 내심 흐뭇하게 웃었다.

목연에게 얼마 전에 배웠던 손자병법 36계를 떠올리며 앞으로
유현장, 성원장, 흑랑방 사이에서 벌어질 일이 기대되었다. 그의
예상대로라면 숭인학관을 털어먹었던 이 세 악의 축들은 곧 자
기들끼리 죽기로 싸우게 될 터였기 때문이다.

한데, 어느새 환하게 떠오른 달빛을 친구 삼아 숭인학관으로 발길을 서두르던 이현이 눈에 이채를 발했다.

'악무산? 이 녀석 생각했던 것보다 제법일세!'

이현은 악영인을 보고 걸음을 멈췄다.

석상 같달까?

길 한복판을 가로막고 서 있는 악영인의 손에는 못 보던 장창이 들려져 있었다.

악양중원무적신창!

그중 악가신창술의 기수식을 악영인은 형성하고 있었다. 마치 그 자체로 하나의 투기를 형성한 것 같이 말이다.

이는 기호지세(騎虎之勢)!

호랑이 등에 올라탄 것처럼 위태롭다.

그런 기세를 있는 대로 악영인은 악가신창술의 기수식에 담아서 이현에게 투과(透過)시키고 있었다.

왜?

이현은 잠시 의문을 품었다가 내심 고개를 가로저었다.

무인.

강자와의 대결에 이유가 있을 리 없다.

자신의 한계를 시험해 보고 싶은 욕망에 특별한 이유를 댈 필요 역시 없었다.

'뭐, 그래서 나도 얼른 화산으로 달려가서 운검진인과 확실하게 승부를 결하고 싶은 것이고 말이지.'

내심 잊고 있던 운검진인에 대한 투쟁심을 떠올린 이현이 악영인에게 말했다.

"오래 기다렸냐?"

"그리 오래되진 않았수다."

"그럼 근육이 굳진 않았겠네."

"딱 적당합니다."

"그런데 내 한 가지만 묻자."

"말씀하십쇼."

"너, 나한테 깨지면 산동성으로 돌아갈 거냐?"

"그렇게 날 쫓아내고 싶으시우?"

"아니."

"그럼 왜 그런 건 묻는 거요?"

"그냥."

"실없기는."

피식 웃어 보인 악영인이 수중의 악가창을 빙글거리며 한차례 돌렸다.

패앵!

그러자 대기를 갑자기 찢어발긴 창명음!

단지 그것뿐이 아니다.

촤촤촤촤촤착!

순간적으로 이현이 서 있던 방향을 향해 세 가닥의 무형창기가 날아들었다. 기수식을 풀자마자 곧바로 공격에 들어온 것이다. 시답지 않은 대화 따윈 더 이상 필요 없다는 듯이 말이다.

그렇다.

그게 바로 전신이라 불린 파천폭풍참 악영인의 본질이었다. 진면목이었다. 장미처럼 아름다운 얼굴 이면에 숨어 있는 야수성이었다.

『만학검전(晩學劍展)』 2권에 계속…

초대형 24시 만화방

신간 100%, 샤워실, 흡연실, 수면실(침대석), 커플석, 세탁기 완비

▪ 시흥 정왕25시점 ▪

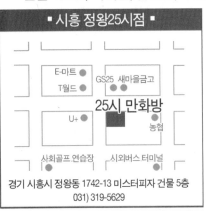

경기 시흥시 정왕동 1742-13 미스터피자 건물 5층
031) 319-5629

▪ 강북 노원역점 ▪

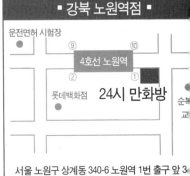

서울 노원구 상계동 340-6 노원역 1번 출구 앞 3
02) 951-8324 (화용빌딩 3층)

▪ 일산 정발산역점 ▪

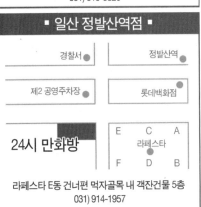

라페스타 E동 건너편 먹자골목 내 객잔건물 5층
031) 914-1957

▪ 일산 화정역점 ▪

경기도 고양시 덕양구 화정동 984번지 서일빌딩
031) 979-4874 (서일사우나 건물 7층)

▪ 부천 역곡역점 ▪

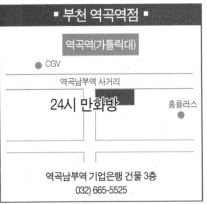

역곡남부역 기업은행 건물 3층
032) 665-5525

▪ 부평역점 ▪

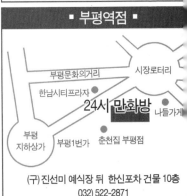

(구)진선미 예식장 뒤 한신포차 건물 10층
032) 522-2871

전생부터 다시

FUSION FANTASTIC STORY

홍성은 징편소설

죽음으로 모든 걸 끝내고 싶지 않아
인간으로 환생하게 된 대마법사, 로렌 하트.

그러나 알 수 없는 괴물의 등장으로 인해 인류가 멸망해 버리고
홀로 살아남은 그는
고독과 외로움에 다시 한 번 더 환생을 결심하는데…….

하지만 현생을 반복하는 것만으로는 의미가 없다.

시간을 되돌려 대마법사가 되기 전의 시절로 되돌아갈 것이다!

대마법사 로렌 하트, 전생부터 다시 시작한다!

Book Publishing CHUNGEORAM

유행이 아닌 자유추구 -
WWW.chungeoram.com

탑 레시피가 보여!

FUSION FANTASTIC STORY

레오퍼드 장편소설

잔혹한 음모에 휘말려 모든 걸 잃은
칼질의 고수, 요리사 강호검.
그의 앞에 두 가지 기적이 벌어졌으니!

"내 손… 하나도 안 떨잖아……."

**인생의 전성기로 되돌아온 그와
그의 앞에 나타난 기물(奇物), 요리사의 돌!**

"네가 최고의 요리사가 되는 것이
이 아버지의 꿈이란다."

**돌아가신 아버지와 자신의 꿈을 좇아
그가, 세계 최고의 자리로 향하기 시작한다.**

Book Publishing CHUNGEORAM

유행이 아닌 자유추구
WWW.chungeoram.com